云南省哲学社会科学创新团队成果文库

破裂与弥合
1990年代中国女性小说中的婚恋关系

Break-Up and Make-Up:
Male-Famale Relationship in
Chinese Women's Fictional Writings in the 1990s

孔莲莲　著

社会科学文献出版社
SOCIAL SCIENCES ACADEMIC PRESS (CHINA)

《云南省哲学社会科学创新团队成果文库》
编辑说明

　　《云南省哲学社会科学创新团队成果文库》是云南省哲学社会科学创新团队建设中的一个重要项目。编辑出版《云南省哲学社会科学创新团队成果文库》是落实中央、省委关于加强中国特色新型智库建设意见，充分发挥哲学社会科学优秀成果的示范引领作用，为推进哲学社会科学学科体系、学术观点和科研方法创新，为繁荣发展哲学社会科学服务。

　　云南省哲学社会科学创新团队 2011 年开始立项建设，在整合研究力量和出人才、出成果方面成效显著，产生了一批有学术分量的基础理论研究和应用研究成果，2016 年云南省社会科学界联合会决定组织编辑出版《云南省哲学社会科学创新团队成果文库》。

　　《云南省哲学社会科学创新团队成果文库》从 2016 年开始编辑出版，拟用 5 年时间集中推出 100 本云南省哲学社会科学创新团队研究成果。云南省社科联高度重视此项工作，专门成立了评审委员会，遵循科学、公平、公正、公开的原则，对申报的项目进行了资格审查、初评、终评的遴选工作，按照"坚持正确导向，充分体现马克思主义的立场、观点、方法；具有原创性、开拓性、前沿性，对推动经济社会发展和学科建设意义重大；符合学术规范，学风严谨、文风朴实"的标准，遴选出一批创新团队的优秀成果，根据"统一标识、统一封面、统一版式、统一标准"的总体要求，组织出版，以达到整理、总结、展示、交流，推动学术研究，促进云南社会科学学术建设与繁荣发展的目的。

编委会

2017 年 6 月

自 序

这本书是我的的博士论文。从 2015 年博士毕业到 2021 年，已经过去了六个年头。2018 年，我的博士论文获得"云南省哲学社会科学创新团队成果文库"立项，到现在也已经三年，迟迟没有付梓，主要是对内容不满意。这三年我因为初为人母而耽误了论文修改，就这样，到了不能不出版的时间点，也只能将这个面貌凌乱不修边幅的"孩子"领出来面对读者。

生发研究 1990 年代女性小说的念头，是在读博士的第二年，因为硕士毕业论文研究过 1990 年代的一个重要女作家林白，就想，可以将自己的研究扩大范围。

博士的第三年，我去了中国台湾中国文化大学做了半年的交换生，在台期间，除了选修了台湾文学和台湾女性文学的课程，还搜集了很多台湾学者和海外学者对中国大陆文学的研究资料。2013 年 9 月，我确定了自己的毕业论文题目"1990 年代中国女性小说的两性关系研究"。在开题的时候，中央民族大学，我当时的导师刘淑玲教授等对我的题目和结构提出意见。又经过一个多月的思考，我重新确立了论文的结构，将原来以小说题材作为框架依据，改变为以"婚姻"、"爱情"、"性"和"姐妹情谊"四个方面切入"两性关系"，并作为章节划分的依据来重新组织内容。这个结构获得了导师和之后论文评审专家的认可。

从 2013 年下半年到 2014 年夏天，我用了大约一年时间为写作论文进行大量阅读，大部分时间是泡在离中央民族大学很近的国家图书馆里。真得感谢国家图书馆这个巨大的知识宝库，最冷门的图书在这里都可以找到底本，我在阅读中不时获得惊喜，打破了之前对 1990 年代女性文学的固化认知。如果说这本书有点可取之处，可能就是我的研究是建立在第一手的阅读经验基础之上的，也许论点并不深刻，但却是真诚生动的。

这次出版，结论部分我做了修改，增加了一些内容。在毕业论文答辩之前，刘淑玲老师就告诉我，结论部分需要好好修改。然而，修改了几次，刘老师都没有认可，我自己也感觉，结论部分总结过多，缺少批判和构想，也就是缺少创见。这次修改，我增加了对 1990 年代女性文学创作的一些反思，特别是对于人类的婚恋关系，结合了女性性别伦理的阅读和思考，以及女性作家婚恋叙事的缺憾和问题，提出了一些理论构想。也许不成熟，但体现了我的一些个人思考。

本书的研究对象主要是 1990 年现实主义题材的女性小说作品，对于历史题材的小说涉及较少，主要有两方面的考虑，历史题材涉及的婚恋关系更多地受历史史实的限制，作家个人发挥的空间有限，而对于"新历史主义"题材的小说创作，本书认为在婚恋关系书写上多遵循"古典主义"的话语规则，已在书中提及，没有充分展开。

在出版之前，本书的责编袁卫华老师建议我将题目改一下更符合当下文化潮流，于是我将"1990 年代女性小说中的两性关系"改成了"1990 年代女性小说中的婚恋关系"，这两个题目有一些差别。这么一改，使得本书的最后一章——"姐妹情谊与婚恋关系"显得有些突兀，实际上，这一章是想通过女性作家对姐妹情谊的书写考察她们在宏观的性别关系中的态度和精神向度，只是并没有说得更透彻。

本书即将出版，所幸的是内容集中，节奏紧凑，并无过多冗沓敷衍之语。本书也许不能为学界的女性文学研究带来多少创见，不过，如果有幸被亲爱的你读到，哪怕对你认识 1990 年代的女性文学有一点点启发，那也许就是本书存在的意义。

目　录

绪　论

一　新时期以来女性文学的现代性和后现代性

中国的妇女解放运动伴随着现代启蒙的开始而开始，它的价值理念是平等、自由、民主。妇女解放基本上是在男性启蒙者的引领下，为争取性别平等和反对性别歧视而进行的社会运动。五四新文化运动期间，中国女性自己的声音在文学领域"浮出历史地表"。在现代文学的发展历史中，女性作家一直在女性主体书写和政治革命书写两条路上交错前行，20 世纪的 30 年代，女性主体的声音在强势革命话语之下，不绝于耳。十七年文学中的《青春之歌》具有代表意义，但是这种女性之声更多地表现为革命话语。

新时期的中国女性文学的思想资源，并非都是来自后现代的女性主义思潮，它还承接着五四新文化运动的启蒙话语，实际上是"人性"之一种的本土化的女性思潮。[①] 也就是说，中国 1990 年代女性文学，不完全是后现代的思想资源，也有来自现代性的思想资源。对于中国来说，女性文学在五四时期集中表现为争取平等、自由、民主等现代人权。刘思谦在《中国女性文学的现代性》一文中认为："女性的现代性体现在女性基于人的觉醒而改变、超越封建的传统文化对自己的这种强制性命名和塑造，表现在由他者、次性的身份到作为人的主体性要求，表现在女性由依附性到独立性这一精神的艰难蜕变。"[②] 女性文学的这样一种人文诉求在 1980 年代得到了新的体现。在女性的文本中，这种理性与非理性，理性与蒙昧的二

[①]　贺桂梅：《女性主义批评的三种资源》，《文艺研究》2003 年第 6 期。
[②]　刘思谦：《中国女性文学的现代性》，《文艺研究》1998 年第 1 期。

元逻辑还是象征性地蕴含在婚恋关系中，如王宇教授分析古华小说《爬满青藤的小屋》（1981）所揭示，文明的代表李幸福以启蒙者的身份对女人潘青青和孩子进行文明灌输，并最后把她们从"绿毛炕"这个愚昧之地带出去，女人接受了启蒙者的拯救。性别次序很明显，是男性启蒙了女性。[①]但是，潘青青的被启蒙和离开愚昧之地代表了她对文明的向往，而那个强壮的男人王木通则成为愚昧无知的象征，被潘青青遗弃。这个作品以是否拥有文明精神作为衡量优劣的首要条件，男女的性别次序还在其次。舒婷的《致橡树》（1979）则可以看到女性在获得现代文明之后，对独立人格和平等地位的要求。"以树的形象和你站在一起"是要求平等意识，这依然是现代性范畴下的伦理精神。之后女性作家的几个作品，如张辛欣《在同一地平线上》《我在哪里错过了你》和张洁《方舟》是在表达能干的现代职业女性走出家庭，寻找自己的社会价值时，来自男性世界的歧视和不理解，特别是《方舟》，一方面表现了女性个体在实现自我价值的时候，感情之路的孤独和寂寞；另一方面，也批判了男性对职业女性的不理解不支持。这几部小说引起了评论界的反响，开始就女性"雄化"问题展开讨论。这个问题可以一直追溯到前 30 年，"铁姑娘"形象成为时代的标杆。毛泽东 1960 年为女民兵所写的诗"飒爽英姿五尺枪，曙光初照演兵场，中华儿女多奇志，不爱红装爱武装"，基本上定型了"铁姑娘"的特点：女性通过向男性看齐，放弃女性的外形追求，以革命的方式进入国家主流话语，进入现代国家的历史之中。这是一种"女变男身"似的"替父从军"的"花木兰"时代。"十七年"文学中的很多姑娘，如《苦菜花》里的娟子，《青春之歌》里成熟的革命者林道静、林红，《红岩》里的江姐等，都是在革命环境下塑形成功的"铁姑娘"，直到新时期的知青小说里，依然记录着"文革"时期支援边疆、与险恶的自然环境抗争的"铁姑娘"形象。应该说，在新中国成立后的三四十年的时间内，国家政治话语和现代性话语使得女性开始追求社会价值的同时，丧失了女性该有的女性特质。于是"女性气质"在这种"雄化"的讨论中成为问题凸显出来。相应的，女性文坛上开始出现了对"女性气质"和"女性意识"的追求。1984

---

① 王宇：《性别书写与现代性认同》，上海三联书店，2003，第 162~170 页。

年，诗人翟永明发表了《女人》组诗，以"黑夜意识"来隐喻"女性意识"。也是在这个时候，西方的女性主义理论开始传入中国，中国本土对女性意识的寻找和一定程度上对男性的不满，与西方女性主义对女性主体的张扬以及对男权的揭露和批判，发生了碰撞，中国的女性写作者也在女性主义理论之下获得了新的"人文启蒙"。① 中国的女性文学的现代性特质渐渐发生转变，而到了 1980 年代末，陈染、林白这些具有较强女性主义意识的作家发出了女性主义的声音。即使如此，现代性和后现代性在最早接受西方女性主义思潮的女作家那里，也是纠缠不清的，这种情况在 1990 年代的女性文学中较为明显。

　　1990 年代，后现代理论之一的女权主义理论传入中国后，很快被中国女性主义者"本土化"了。这种"本土化"体现在三点。第一，她们认可父权文化是在社会和家庭领域对女性带来的不平等根源，所以意在解构"父权"文化，实际上就是"弑父"。从这一点上来说，中国的女性作家沿袭了西方女权主义理论解构男权逻各斯的后现代理念。第二，她们的作品是建构或者彰显女性的非理性主体为特征的，如林白小说《日午》《一个人的战争》，作品中的人物都是一些欲望主体，而非现代理性主体。第三，从这些女性小说的写作风格来看，"参差对照"和绵延感性的写作方式，也体现出女性文学特有的美学特质。② 然而，从另一方面看，1980 年的中末期传入中国的西方女权主义理论，和中国社会的现代性进程结合在一起，对于女性自身来说，她们的现代性启蒙的工作并没有彻底完成，平等、自主、独立和个性自由的现代性理念在五四时期并没有彻底实现，这一点尤其表现在女性的"性觉醒"态度上③，而女性主义思潮的传播，正好使得中国的知识女性借助这股思潮完成未竟之事业。在这个意义上，中国致力于女性主义创作的作家，是参与了现代性的启蒙工作的，尤以陈染为代表。她的小说《破开》中关于"建立一个真正无性别歧视的女子协

---

① 持这种观点的有屈雅君，参看屈雅君《执着与背叛——女性主义文学批评理论与实践》，中国文联出版社，1999，第 35~40 页。

② 董丽敏：《作为一种性别政治的文学叙事——以张爱玲的"参差对照"为个案》，《社会科学》2011 年第 3 期。

③ 徐仲佳：《性觉醒与中国现代女性文学的兴起》，《中国现代性爱叙事论集》，中国社会科学出版社，2012，第 63~80 页。

会，我们决不标榜任何'女权主义'或者'女性主义'的招牌，我们追求真正的性别平等，超性别意识"的宣言，就说明了这个意思。而且她在著名的散文演讲稿《超性别意识》中，多次为"真正的现代女性"命名和定义，她的作品也践行着她的宣言，1990 年代是陈染文学创作的黄金期，她用大量小说作品写出了现代女性面临的身体情欲困境和社会生存困境，个人主义价值观之下的现代女性在官僚体制和男权体制下，是那么的孤独无助，在情感和社会领域都找不到归处，但是又"无处告别"，这正是带着传统文明的底色走来的现代女性的生存尴尬。从以上意义来说，中国的女性主义者，并非都是后现代性的信徒和实践者，她们本身也是在现代性与后现代性之间游移徘徊。

1990 年代的女性小说，对于男性和女性性别关系和伦理有三种态度，从而形成了大致三种宏观的婚恋关系倾向。第一种是"女性主义"作家，她们基本上持有比较激进的女权意识和男权批判意识，这一时期的陈染、林白、海男等女性作家的大部分作品，徐小斌、池莉、徐坤等的一部分作品，带有女性主义的色彩。这些作家在 1990 年代的女性写作中占据了重要地位，可以这么说，她们是以边缘的姿态进入文学的主流，特别是在 1990 年代中期，这批具有"主义"倾向的作家在第四届世界妇女大会的推动之下，成为先锋军，颇为风光。这些被归为"女性主义"的作家以一种对传统两性伦理扬弃和反叛的精神书写婚恋关系，作家们在写婚恋关系时，往往表现出男女关系的对抗性和不平衡性，"破裂"成为婚恋关系的关键词，两性之间的裂痕不仅体现在对待婚姻的怀疑态度上，也体现在向往爱情而不得的悲剧命运上。另外，在对性的态度上，女性主义作家们赋予"性"更加复杂的意义，性、婚姻、爱情这本来应该合而为一的两性关系形态，在她们笔下，彼此分裂难以合一。

第二种是那些 1970～1980 年代就已经在文坛上占据江湖地位的女作家，她们带着自觉的"女性意识"继续着她们的创作，有一点不同于第一类作家的地方在于她们即使专注于女性文化谱系的建构，或者在历史场景中书写女性的生命经验，她们都以一种"第三性"的视角来看待男性和女性之间的关系，甚至她们坚持一种传统的态度和伦理精神诠释着现代社会的婚恋关系。铁凝曾经说过："我本人在面对女性题材时，一直力求摆脱纯粹女性的目光，我渴望获得一种双向视角或者叫作'第三性'的视角，这样的视角有助于我准确地把握女性真实的生存景况。"① 无独有偶，张抗抗在为《红罂粟丛书》做跋的时候，也表达了她温和的性别态度："只有当男人和女人都能真正像个人似的活着时，女人才能成为真正的女人……'红罂粟丛书'——是不是一次勇敢的自我正视呢？或者率真的自省、坦诚的自我剖析等待。不仅对女人、女作家，还有女性文学……于是，'回到女人去'，'重新学会做女人'，这些今日女性梦中的渴望，对于女性文学的发展来说，亦将是一次新的契机。我曾在多年以前对'红罂粟'发生过兴趣，借着'红罂粟丛书'，我再说：女人是爱与美的人格化，但在象征着女人的红罂粟所派生的良药和毒品之间，没有绝对的界限。"② 就创作主体来说，这种创作方式是一种兼顾两性视角的态度。1990 年代中后期，淡化女性主体意识，以两性的主体间性的视角书写婚恋关系，一定程度地消解了"女性主义"写作的时代意义和叛逆精神，使得小说表现的婚恋关系获得一定程度的平衡和持久。

特别需要提到女作家迟子建。她的创作在 1990 年代，甚至在今天，都是一个"另类"。说其另类，主要是因为她的许多小说，尤其短篇小说创作是古典主义的，带着田园牧歌般的基调，如《亲亲土豆》《清水洗尘》《树下》等，作品里的婚恋关系多美好而和谐，这在 1990 年代书写婚姻关系破碎的情况下，她的作品是少有的，值得深究。

而第三种是那些抱持"超性别写作"的作家，她们不关注性别问题，而是将写作聚焦在知识分子的命运、某一段历史情景和文化的再现，抑或是反映现实的大众生活。这样的作品如方方的长篇小说《乌泥湖年谱》《祖父在父亲心中》，作品关注的是"文革"时期的知识分子自我认同和生存问题；徐坤的一些关注 1990 年代知识分子命运的小说《先锋》《热狗》《白话》《呓语》等；池莉的一些表现武汉市民生活的小说《冷也好热也好活着就好》《生活秀》《来来往往》等，在这类作品中，因为她们在写作中坚持现实主义的写实精神，作者的性别意识和性别立场很隐蔽，甚至有些偏向于社会主流立场，即使如此，那些许的女性意识也总是潜在地影

① 铁凝：《铁凝文集》之四，江苏文艺出版社，1996，第 1 页。
② 张抗抗：《永不忏悔》，河北教育出版社，1995，第 351~353 页。

响到人物关系特别是婚恋关系的表现。

后两类的女性写作与前一种具有批判精神的写作形成对比，在一定程度上使两性之间断裂的力量在现代性为主流的社会现实面前得到了黏合。本书所要揭示的，正是在 1990 年代的女性文本中，不同话语是以怎样的态势对抗、交织、耦合于女性的创作中，女性话语和男权文化如何在作家的作品中进行着较量，又如何交融混杂，呈现出复杂的状态，从而造成了婚恋关系之间的断裂，又促成了婚恋关系的弥合。

从整体来看，1990 年代的女性文学为中国现代化转型之路起到了助力作用，1990 年代的女性创作和整个 1990 年代的文学创作在话语选择上，呈现同构的趋势，这种同构性体现在现代性话语与后现代话语对女性创作的综合影响。

二 1990 年代女性婚恋关系书写的话语背景

对于 1990 年代女性写作来说，我们需要考虑她们所受的话语制约，也就是说，1990 年代有哪些主要知识体系影响了她们的婚恋关系书写。这些知识类型有哪些特点，它们对女性写作婚恋关系的影响体现在哪些方面。

（一）女性主义的批判意识

"女性主义"（feminism）是西方女权主义运动产生的理论思潮，中国学者将"女权主义"译作"女性主义"，这种译法最早应该来自北京大学外文系教授张京媛的翻译，[1] 实际上体现了中国知识女性的温婉含蓄，避开了西方女权主义的锋芒和强硬。另外，这种翻译还有一个更重要的历史原因，那就是新时期以来，中国知识女性对"女性意识"和"女性气质"的追求。新时期，中国的女性作家渐渐开始寻找"女性意识"。张辛欣的小说《我在哪里错过了你》（1982）就是在讲这个问题。一个有才华的女编剧遇到了一个充满魅力的男导演，女编剧爱上了男导演，男导演除了对女编剧的才华颇为赏识之外，对女编剧整体上表现出的"中性"气质并不

---

① 张京媛主编《当代女性主义文学批评》，北京大学出版社，1992。

欣赏，最后两人未能走到一起。在 1980 年代，这种反省女性气质的作品为数不少，这一脉应和着当时寻找"男子汉"的文化风潮。所以，"女性主义"这个译词的出现和中国本土文化有着很大的关联，它体现了从西方话语到中国本土化的一个接纳过程。但是，就是这个词，在社会、文化和文学领域频繁出现，成为 1990 年代的一个关键词。1990 年代的女性作家几乎无一例外地受到了"女性主义"思潮的影响，只是表现方式不同罢了。

那么西方的女权主义话语有什么特点呢？在 1980 年代中后期开始传入中国，并在 1990 年代繁荣起来的西方女权主义话语，是西方女权主义第二次浪潮的产物，发生的主要时间段是 1960 年代后，这次浪潮不像第一浪潮那样只是在寻求女性的政治权力，而是从文化和性别的角度对西方传统的知识体系进行质疑和解构。也就是说，第一次浪潮是女性政治权力的获得，而第二次浪潮则深入西方根深蒂固的男权知识体系，从思想文化上对男权文化进行釜底抽薪的批判和解构，这其实是女性运动的一个更深入的体现。这样的特点，和整个西方世界的后现代主义哲学和文化思潮是相契合的，这次运动也深深地影响了文学界，西方的女权主义写作和女权主义文学批评在第二次浪潮的引领下活跃起来，并出现了具有里程碑意义的成果，延续的时间从 1960 年代末到 1980 年代中后期。也就说，当西方文学界的女权主义接近尾声的时候，中国文学界的女将正好拿到了接力棒。

中国现代文学中的女性文学是现代启蒙文学的一部分，她们的创作理念和现代知识体系要求的平等和民主是一致的。但是 1990 年代的文学则有很大不同，因为它所受的话语影响是西方的第二次女权主义运动，是以解构和批判男权文化为特征的思想文化运动，按照王侃对"女性主义"的理解，他在确信女性主义是后现代思潮的一支之后，肯定了 1990 年代女性主义写作的"批判"精神是"（90 年代）女性小说的基本主题，'批判性'则是其主导的话语风格"。何为批判，在这里引用王侃的解释："作为一种批判话语，1990 年代的女性小说试图对我们的文化生态中以男性为表象的各种文化结构或文化本体进行拆解，以揭露在不同文化层面里或隐或显的性别政治。与以往的女性写作不同的是，1990 年代的女性写作在批判性上所做的努力显然更彻底、更全面，更具集体性、方向性。"① 就婚恋关系的书写来说，1990 年代的女性作家的批判意识表现在对男权话语控制的婚姻形式进行了质疑和解构，坚持爱情在两性交往中的核心价值。她们也解构了男权话语控制的传统性伦理，让女性从传统性禁忌中解放出来，甚至从婚恋关系的被动性中解放出来，不但完成了女性性启蒙的现代性任务，而且以激越的"性"书写进行了性别上的革命。

（二）写实主义的生存写真

现实主义作为文学的基本的创作方法之一，一直是文学家们最热爱的文学表现方式。它以真实再现客观世界为主要特征，写作要淡化创作主体情感对外部世界的渗入，至少不能因为作家的主观意识影响作品对现实的真实呈现。1980 年代中期，中国文学界掀起了先锋文学运动，先锋文学是对西方现代主义文学的模仿和再造。而现代主义的创作方法完全和现实主义的创作方法背道而驰。先锋思潮一开始的时候带着启蒙精神和社会批判意识，但是，到了后期，先锋主义文学更看重创作文本，重视文学的形式感，追求表达技巧，在思想性和艺术性的关系上，越来越向艺术性倾斜。即使在先锋文学成为文坛风尚的当口，中国的现实主义的文学，依然如常青树一般，与天马行空的先锋文学形成鲜明对比。这股现实主义被评论界命名为"新写实主义"，代表作品是刘震云的《单位》和《一地鸡毛》，女性作家的作品有池莉的"人生三部曲"等。从总体来看，女性文学对"新写实主义"的贡献要更大一些，张欣、皮皮、王安忆等都是其中的猛将。"新写实主义"的"新"，并非新在写作没有作家情感和意识介入的"零度写作"，更多新在所表现的内容和作家看待生活的态度立场。这类型的小说主要是表现小人物的日常生活，而这种日常生活又是烦琐的、无趣的、重复的、沉闷的，人物所有的理想和不在日常生活轨道上而旁逸出的情感和想法，都被沉重的日常生活掩盖和规训。关于"新写实主义"，应该说，在中国的作家们大多向西方看齐的时代，中国本土的现实主义创作，以表现中国小市民真实的生存状态，有着重要的文学价值。而对于女

---

① 王侃：《历史·语言·欲望——1990 年代中国女性小说主题与叙事》，广西师范大学出版社，2008，第 25 页。

性文学来说，以池莉为代表的"新写实主义"，源自中国的本土经验，在1990年代初，随着先锋派的落潮，现实主义的文学作品毋庸置疑地成为1990年代写作的主要写作类型。不论是王朔的"新写实主义"，还是倾向回归传统文化和关注社会现实的作品，如《废都》和河北的"三驾马车"，文学界基本上都遵循现实主义的创作原则来重现时代精神、社会变迁和性别真相。

这里要特别说一下现实主义文学对女性文学创作的影响。这一时期，很多女性作家以女性的视角写女性，但是她们的作品并非一味的赞美女人和批判男人，相反的，她们在用冷静客观的眼光去审视女性，在建构女性谱系的同时，她们写出了女性的复杂性，也就是说，现实主义的创作原则让女性超越了性别意识，把女性人物写得立体浑圆。铁凝早在《玫瑰门》（1989）书写家族母性谱系时，就开始冷眼审视这些家族女性，写出了这些女人的虚伪、冷漠、自私和欲望。徐小斌的长篇小说《羽蛇》在宏阔地勾勒一个母性家族谱系的同时，写出了女性的心计和自私。无论是母亲玄溟如何费尽心思用尽伎俩把交通大学的高才生陆尘纳为女婿，还是安小桃这个集美艳、温柔、淫荡与偷窃于一身的女子，如何将一个有社会使命感的青年烛龙骗取为婚，徐小斌都写出了女性本身的弱点。在陆羽、丹亚和乌金这些女人身上，我们看到了爱和同情的力量，而作品中的知识男性，徐小斌多把他们写得单纯、无辜、安静、平和。《羽蛇》扉页的题记如是说："世界失去了它的灵魂，我失去了自己的性。"这句话反映出这一时期女性作家所具有的人类终极关怀的思想高度。

1990年代的女性写作，虽然她们带着性别的眼光，带着"女性意识"，但是，写实主义的精神和对性别关系的冷静审视，让她们的创作少了理念性的"主义"，多了现实的厚重和真实，而后者，使得这些作品超越了性别话语，延伸了作品的生命力和艺术价值。需要说明的是，在1990年代的女性创作中，除了少数几个作品带有"女性主义"宣言书性质和性别寓言意味外，大多数的作品都是带有这种生存写真的现实主义效果。所以，有人因为1990年代性别意识的自觉而否定1990年代女性文学的文学价值和思想深度，那同样犯了性别主义的错误。

（三）人文主义的理想情怀

在 1993 年到 1996 年，中国文化界展开了一场"人文精神"的大讨论。参与讨论的有上百篇文章和数百位学者。这场"人文精神"大讨论，最早发起于 1993 年第 6 期《上海文学》发表王晓明和他的研究生的对话体讨论文章《旷野上的废墟——文学和人文精神的危机》一文。王晓明在文章中指出，文学出现了危机，主要表现在文学杂志开始转向，文学的质量也在下降，有鉴赏力的读者在减少，批评家的趣味也在改变，总体而言，知识分子的人文精神在下滑，中国出现了人文危机。① 这篇文章被数家媒体报刊转载，就此展开了中国学术界和文学界的讨论。讨论者基本上分为两派，一派认为市场经济和商业大潮，加速了人们实用主义的价值追求，引导一切向经济利益看齐，公众道德坚守下滑。这一派主张知识分子要坚守人文精神、坚守知识分子的"道统"。关于何为人文精神，陈思和认为，人文精神是"一种人所以为人的精神，一种对于人类发展前景的真诚关怀，一种作为知识分子对自身所能承担的社会责任与专业岗位如何结合的总体思考"②。

另一派站在大众立场，不承认 1990 年代有人文精神失落的说法，他们从维护自由经济和大众文化的角度出发，反对向钱看就是人文精神的失落说，如王蒙和王朔，而另外一些持这种观点的学者，则从中国已经进入后现代的角度，否定第一类知识分子重建人文精神的幻想，认为商业文化和大众文化也是时代发展的产物，人文精神不过是知识分子在 20 世纪末最后的"神话"，持这一观点的如张颐武、陶东风等新锐学者。

从中国文化的实际走向来看，后者的预见是正确的，以 1993 年为界，大众文化决胜精英文化，实用主义和工具理性战胜价值理性和理想主义，知识分子和他们坚守的"人文精神"退居边缘。在文学界，张承志和张炜的小说成为 1990 年代具有人文精神和理想情怀的代表作家，但张承志在 1990 年代末写的《心灵史》已经是神学之作，张炜的小说倒是一直坚持着

---

① 王晓明编《人文精神寻思录》，文汇出版社，1996，第 1~17 页。
② 陈思和：《关于"人文精神"的两封信——致坂井洋史》，选自王晓明编《人文精神寻思录》，文汇出版社，1996，第 150 页。

知识分子的理想精神，一直坚持着不媚俗的独立精神。

以"人文主义"思潮去考察 1990 年代的女性文学，需要对人文主义做出一个界定，广义的人文主义就是一种以人为本，对人类命运、幸福与痛苦，对人的存在价值和尊严的强烈关怀和承担责任的精神。从这个广义的定义来看，1990 年代的文学都可以包含进去。文学就是人学，所以，文学是一种人文学科，搞文学创作的人当然就是人文主义者。除了以上特点之外，还需要根据时代特点对 1990 年代的"人文主义"文学增加内涵，以缩小外延。如果说人文精神是 1980 年代文学的核心话语，那么，从 1980 年代与 1990 年代的时代对比中，似乎能看出中国本土的人文主义的特质，那就是在物质与精神之间，更偏向精神；在生存与理想之间，更偏向理想；在形而上与形而下之间，更偏向形而上；在道德理性和情欲非理性之间，选择道德理性。如果从这种二元取舍中去认识中国文学的人文特质，那女性文学中的人文精神便清晰了许多。就女性文学表现出的婚恋关系来看，爱情成为她们最具人文情怀的书写。如果说婚姻意味着对凡俗无趣的日常生活的认同，爱情则是具有超越日常生活的理想性。1990 年代的女性作家在小说中表现出的对爱情的执着，实际上代表着她们的不灭的理想精神和对婚恋关系的美好憧憬，而这，正是女性文学最具人文精神之所在。爱情总是遭遇实用理性和身体欲望毁灭，而失去爱情的理想性和精神引领意义。小说对爱情关系的这种书写，正反映了在 1990 年代，人文精神是如何被逼迫到边缘的。但是，谁也不可否认，爱情关系在作品中的出现，已经表明 1990 年代，我们的女作家依然对人文精神怀有执着。而这股力量，就充当了 1990 年代文学园地的"麦田守望者"。

（四）消费主义的市场制约

1990 年代的中后期，"消费"成为时代的另一个关键词。市场经济和商业大潮使得社会繁荣了很多，物质生产极大的发展，便刺激了人们的消费欲望，物质便利和追求时尚成为大众新的生活情趣增长点。"消费"的意思就是个人对商品的购买和使用，一个以消费为主要经济增长点的社会便是一个消费社会，相应的消费文化也便成为消费社会的重要文化表征。

迈克·费瑟斯通这样定义消费文化："消费文化顾名思义，即消费社会的文化，它基于这样一个假设，即认为大众消费运动伴随着符号生产，日常体验和实践活动的重新组织。"他认为消费文化"遵循享乐主义，追逐眼前的快感、培养自我表现的生活方式、发展自恋和自私的人格类型，这一切都是消费文化所强调的内容"。① 虽然说消费行为是商品经济时代人们共有的一种行为，但是女性主义者注意到，从性别角度来看，在消费行为中男女的分配比率是不同的，有分析指出，女性比男性的消费热情要高出很多。1990 年代的文学作为一种精神产品，也是一种特殊的商品，1990 年代的出版业走向市场，作为市场的主体自负盈亏，因此企业生存成为头等大事，只有满足消费者的消费需求，文学作品能够得到市场和消费者的认可，便会受到出版企业的青睐。如果把文学这种精神产品当作一种大众化的消费产品，必然要增强它的可读性和通俗性，这样，就会一定程度降低它的审美价值和独创性，所以陈晓明说："文学艺术与消费社会之间的关系主要呈现为一种适应同化的形式，文学越来越趋向于成为消费社会的一部分，它与流行音乐、时装表演，影视广告等量齐观，文学与文化的界限也愈来愈模糊。"②

女性文学宿命般地加入了这场消费文化的生产，女性文学连同女性作家一起作为消费品，被男权文化主导的大众文化所消费。整个过程是很奇妙的："在文学成为消费品以后，女性写作有着主体和客体的两重性：既是商品的生产者，又是商品本身。女性写作本身是一种主体活动。可是因为女性的作品经常与她们的生活经验紧密相连，读者或者文化消费者在消费她们的作品时，也在消费她们。她们成了消费客体。"③ 对于 1990 年代的中国女性写作来说，有一部分年轻的自由撰稿人，为了迎合消费者，一方面突出两性关系中性表现的力度，一方面在图书出版时进行商业炒作和包装，以增强知名度。20 世纪末关于"美女作家"的图书出版和商业炒作算是一个突出的案例，这成为消费文学在 1990 年代末上演的一场闹剧。卫

① 迈克·费瑟斯通：《消费文化与后现代主义》，译林出版社，2000，第 165 页。

② 陈晓明：《表意的焦虑——历史祛魅与当代文学变革》，中央编译出版社，2002，第 431 页。

③ 柏棣：《消费》，苏红军、柏棣主编《西方后学语境中的女权主义》，广西师范大学出版社，2006，第 213 页。

慧的《上海宝贝》和棉棉的《糖》几乎同时出版，引起文学界不小的风波。但是对于这两位美女作家来说，确实借着炒作的力量大赚了一把。关于这两本书展示出的大胆且带着狂欢意味的颓废生活和两性关系，正是写作者为了迎合大众消费而刻意为之的。1990 年代的女性作家，面对广大的图书市场，自己的创作或多或少的都受到了市场消费的影响，这种影响深入文学生产的各个层面，包括小说的思想内涵，包括小说的叙事策略，也包括小说的出版设计等。1990 年代春风文艺出版社策划推出了《布老虎丛书》系列，这是那个年代难得的畅销书，市场效果不错，参与丛书创作的大多是知名且严肃的女作家，比如铁凝、张抗抗、皮皮、赵枚等，这些长篇小说基本上兼顾了通俗可读性和艺术性。

消费主义的写作倾向对女性文学的婚恋关系表现带来两方面的影响：一方面是对婚恋关系的物质基础——性的泛化书写，小说加大了两性之间的性爱场面的书写尺度，这是为了迎合消费趣味；另一方面，就作品的婚恋关系来看，因为小说人物受消费主义的影响，在两性之间，婚姻和爱情走向边缘，两性关系变成了以性享受为核心的情欲关系，婚姻或者爱情往往成为空中楼阁，虚空而幻灭。以情欲之性为基础的亲密关系的建构往往不够坚固，没有理想之光的爱情使得男女之间关系变得越来越陌生，走向稳固和谐婚恋关系的反面。如果人类婚恋关系的伦理滑落到纯粹的感觉层面，没有情感和理性因素的参与，那其实意味着两性亲密关系的终结。

（五）古典主义的传统情怀

1990 年代是一个多元文化并存的年代。在历史上，保守主义文化一派的发展总是曲曲折折，特别是在现代启蒙的时代，保守主义往往被看成现代文明的羁绊，是需要对抗和排斥的"他者"。到了 1990 年代，保守主义却得到了一个复兴的机会，这其中既有后现代文明对现代文明反思后的文化选择，更有中国自身文化的策略。保守主义的复兴在 1990 年代中后期的一个集中表现便是"新儒学"的广泛发力。[①] 虽然此学说体现了知识分子

---

① 此观点可见 1990 年代大量的研究"新儒学"的论文，如黄玉顺《当代儒学复兴运动与现代新儒学》，载《学术界》2006 年第 5 期；蔡翔海：《当代中国文化保守主义的内涵、意义与困境》，载《天津社会科学》1998 年第 1 期。

的"庙堂"之思，但在文学领域，这股传统文化回归的思潮亦不容忽视。早在 1994 年，文学批评家孟繁华就敏锐地看到了这股"回望"的思潮，并将其命名为"新文化保守主义"。[①] 在文学创作中，这个时期出现了以余秋雨为代表的"大文化散文"，实际上是借着历史和名胜的回访，重新回溯中国古文明和历史；1990 年代中期"陕军东征"势头强劲，路遥、陈忠实、贾平凹相继出版了他们的长篇力作《平凡的世界》《白鹿原》《废都》，三部作品讲述的故事有很大反差，但作品却都无一例外地体现出了对传统文化的归依和思慕。另外，1980 年代以先锋著称的几个作家，如余华、苏童、莫言等也开始一种"新历史主义"的写作，这一写作方式虽然采用的是"后现代"的视野，但故事都发生在中国历史时空中，大多是中古时期的历史，也有近现代史，甚至是共和国初期的历史，但是这种书写历史的风潮不能不算作对传统和古典的一种反思和追慕。

女性作家们在这一时期也进入了这样的一个"回望传统"的创作潮流之中。王安忆"新历史主义"代表作《长恨歌》，在文坛口碑甚好，并获得"茅盾奖"，另外她 1990 年代其他几个重要作品《上种红菱下种藕》《富萍》《乌托邦诗篇》在精神向度上都体现出一种"古典主义"的追求。作家铁凝小说《孕妇和牛》以及 21 世纪初的作品《笨花》也有着一种"中正"而"和谐"的审美追求。另外，徐小斌、张梅等也开启了她的"新历史主义"的创作。张抗抗长篇历史小说《赤彤丹朱》也写得是古典爱情。作家赵玫的长篇历史小说《朗园》《武则天》《高阳公主》，作品表现女权贵们在传统女德与个人欲望之间的挣扎，有着反思传统的精神向度。上海女作家须兰的"新历史主义"作品具有清新的一面，如《闲情》《樱桃红》《银杏，银杏》等，表现出古典爱情的韵味——就是那种忠贞、痴情和诗意的爱情。在 1990 年代的迟子建，在女性文学史领域，有着不可替代的意义，成为古典主义精神的最杰出代表。迟子建的古典情怀体现在对当代乡土生活，特别是两性生活的温情表达上。

如何界定"古典主义"？借用目前海外学者对中国文学"抒情传统"的定义是比较合适的。陈世骧在《论中国抒情传统》里说："中国文学传统从

---

① 见孟繁华《文化崩溃时代的逃亡与归依——九十年代文化的新保守主义精神》，载《中国文化研究》1994 夏之卷（总第 4 期）。

整体而言就是抒情传统。"王德威又将这个传统延伸到现代文学，认为在现代小说中依然保持着这种带着古典文学特征的抒情传统，"抒情小说"这一概念，就包含了小说与中国"抒情传统"的内在联系。中国现代抒情小说，以沈从文为典型，他的乡土小说对田园牧歌般的生活追求具有很强的古典特征。之后出现的以孙犁为代表的"荷花淀派"依然是抒情传统，再到当代著名的风情小说作家汪曾祺，作者的古代"士大夫"的情调，作品的抒情意味，都呈现出一种古典主义的旨趣。可以这么说，"抒情小说"在一定程度上保持着对传统文化的传承，表现出一种纯正的古典之风。而前文所列作品，正是 1990 年代的古典主义话语对作家们深刻影响的结果。

"古典主义"对于以上提到的作家和他们的作品而言，其影响力是显性的。对于女性的婚恋书写而言，这种对待传统的态度深刻地影响着她们作品中关于婚恋关系的表达。对传统持敬畏和归依态度的女作家，往往倾向建构一种和谐、稳定的婚姻关系，对爱情的表达则更体现一种情深义重的古典主义情怀。所以，在 1990 年代女性婚恋叙事中，那些美好的爱情和婚姻故事，一定是出自这群具有古典主义情怀的女作家之手。

以上五种话语力量纵横交错地影响着女作家婚恋叙事的言说方式。女性主义、消费主义和古典主义是后现代语境下的文化立场，而人文主义和写实主义更倾向于现代性话语。从总体来看，传统作为一种或潜在或显在的话语力量，对于女作家而言，是一种深刻而巨大的隐性影响力，即使在所谓的"新新人类"的小说作品中，依然可以发现传统力量对主人公的行为所产生了拉扯力量，以及由此带来的精神上的焦虑和矛盾。因为，对于现代性话语而言，越是要挣脱传统，就越会在作品中把传统作为一个"他者"去对抗，从而在作品中呈现一种传统与现代对抗的态势；而对于具有后现代精神的创作来说，传统，就像泥中之沙一样，总是在不经意间散落在女作家的思想和叙事之中，成为她们在后现代的废墟上站立起来的精神支柱。

三 本书研究思路和写作意义

（一）写作意义

1990 年代，中国社会转型，中国的女性文学也走向繁荣，这个时期的女作家空前壮大，并且受到西方女权主义思潮的影响，也就是被研究者定为"女性文学走向性别自觉的时期"。女性是男女两性中的一极，从1990年代的文学现象中可以看出，这个时期的中国女性在现代文明和女性主义思潮的影响下，发生了巨大的变化。传统上，女性生存的主要空间被圈定在私人领域，家庭是女性的主要活动场所和社会性别角色定位点。但是1990年代的中国女性，被空前地安置到公共领域，在社会职场中发挥主体作用，与男性一起承担着社会生产活动。无论两性在公共空间和私人空间两个领域进行着怎样的亲密合作、广泛交流，抑或是激烈竞争、公然对抗，而婚恋关系的最终落脚点必然是私人性的。鉴于以上的阐释，本书截取1990年代的女性小说作为研究对象，分析小说文本中表现的婚恋关系，其意义体现在以下三点。

（1）通过对1990年代女性小说文本的阅读，透过女作家的文学想象，考察作品呈现的婚恋关系，可以发现在性别意识、时代特征、话语影响以及创作主体个性等各种因素的合力作用之下，婚恋关系呈现的独特性和复杂性，进而考察中国女性文学所拥有的书写状态和精神向度，更全面客观地勾勒出1990年代的文学图景，为中国当代文学史的研究提供成果和资源。

（2）相较于新中国成立初到1980年代较稳定的婚姻关系，1990年代，中国的婚姻出现危机，离婚率迅速上升，有研究结果显示，1990到2000年这十年的离婚率，增长率逐年攀升，到了1996年，被当时的研究者称为"离婚大革命"的一年。这种变化显示了随着社会的发展，中国人家庭观念的巨变。这种社会现象，在1990年代写实题材的女性小说中表现频繁。本书通过对女性小说的研究，可以获得一些社会学的资料，特别是当我们把文学作品中的婚恋关系分析与人物所处的社会环境、时代因素以及人物的社会身份、阶层和性别意识联系在一起的时候，对婚恋关系的聚散离合和复杂多变也便会有一个相对清晰的理性认知。本书试图通过对文学作品的婚恋关系进行文化的剖析，归纳出具有社会学甚至人类学意义上的结论和判断。

（3）婚恋关系的和谐发展是男人和女人共同的美好愿望。而1990年代却表现出婚恋关系的不稳定性，特别是在1990年代中国女性小说中，性

别之间的对抗空前严重，这是性别压迫在历史中长期积累的结果，在女性
意识觉醒的时候，这种性别之间的不平等性必然造成男女两性间的矛盾激
化，甚至以非理性的暴力方式解决这种性别对抗。婚恋关系的不稳定性小
到对个体、对家庭，大到对社会、对人类，都是不利的。于是，我们在分
析 1990 年代女性小说所表现出的婚恋关系的复杂性时，也怀着对婚恋关系
最美好的夙愿，去考察作品中所体现的较为稳定和谐的男女关系，并通过
这些稳定的两性模式的分析，探寻可以让婚恋关系保持稳定和平衡的来自
社会文化、个体性情、伦理道德的元素，进而思考在后现代的语境下，如
何使人类的婚恋关系摆脱性别上的对抗和敌视，走向稳定和平衡。这是本
书的一个终极意义。

（二）概念和研究思路

婚恋关系是一种通俗的说法，也被称为两性关系，或者亲密关系，是指
以性吸引为核心的男女之间的关系，这是人类关系中最古老、最基本，也是
最重要的社会关系。它是人类最基本的两类社会性别，男性和女性之间的关
系，是人类生存繁衍的基础性关系。性别差异和性别次序是考察人类婚恋关
系的一个基础性维度。所以，本书不回避性别视角，任何研究两性关系的话
题都离不开这样一个视角。因为研究对象仅限于女性文学，男女两性的权利
和地位关系也必然影响小说作家对于婚恋关系的表现。前现代社会基本是男
权社会，男尊女卑，男主外女主内，女性作为第二性位列在第一性之后，这
是性别上的等级制。这一性别的不平等到了近现代，被人类所发现，特别是
被女性揭示，并为争取性别上的平等进行着不懈的努力。西方社会的女权运
动从 18 世纪就陆续出现，到了 20 世纪的 60 年代，出现了三次高潮。中国争
取性别平等之路与西方不同，中国社会对男女平等意识的追求，是从五四时
期开始的，是现代启蒙运动的一个重要组成部分。新中国的成立，为男女平
等确立了制度保证，男性和女性之间的平等更多表现为性别特征的模糊。
1980 年代开始，在新启蒙精神的催化下，中国的女性知识精英开始有意识地
发掘女性的性别特质，兼顾性别差异性和平等性。[①] 到了 1990 年代，中国

① 贺桂梅：《当代女性文学批评的三种资源》，《文艺研究》2003 年第 6 期。

女性思潮空前活跃，因此，这个时期成为中国社会最关注婚恋关系的十年。考察 1990 年代的女性作品中的婚恋关系轨迹，就是希望从知识女性所建构的"可能世界"中，探讨她们对婚恋关系的态度、想象和期许，从而在现代性的语境下，寻求男女婚恋关系的和谐平稳之路。

两性之间的亲密关系可以分解出不同的关系类型。首先，从社会习俗角度，主要体现在婚姻这种常识性的两性关系模式之中。婚姻是人类从古至今延续下来的男女关系模式，是人类最为传统的文化习俗。在中国漫长的历史中，婚姻一直是古代社会唯一的男女亲密关系模式，以婚姻维系的家庭关系成为中国传统社会的最基本的社会基础，直到现代社会，这种唯一性依然存在。时至 1990 年代，女性作家对婚姻的态度各不相同，这实际上体现出女作家们对待传统文化的不同态度，这种不同的态度，必然在小说中演绎出不同的婚恋关系态势和模式，这将成为我们关注的焦点之一。其次，从人类审美和生存理想的角度看，两性亲密关系表现为两情相悦的爱情模式。在文学作品中，爱情是文学家们热衷的题材，并被语言艺术家们想象建构为具有人文情怀和审美情怀的伟大人类情感，在 1990 年代的女性作品中，不乏情爱表达，当然，这种爱情叙事充满了时代的印痕，作为两性关系的情感升华——爱情，也是本书的焦点之一。最后，婚恋关系还有一个更为深刻的物质内核，那就是性，如果说前两项带有人类特征，而性则体现出人和动物的共性，体现出婚恋关系中的本能因素。在 1990 年代的中国现代转型时期，婚恋关系里的性有了更为复杂和多元的文化意义，性除了是婚恋关系的一个纽带和物质核心，还同资本、消费、物质欲望等其他因素联系在一起，在婚恋关系中考察性的文化意蕴，通过性看婚恋关系的状况，这是本书研究婚恋关系的第三个焦点。

从理想的角度来说，婚姻、爱情和性，这三者在男女的亲密关系中本应该三位一体、和谐统一的。对于农耕时代的传统婚姻，社会和经济因素是婚姻的核心问题，婚姻中的性承担的主要职能是繁衍后代，婚姻里的性合理合法，爱情通常在婚姻之后才有可能出现。现代观念下的理想婚姻，爱情和性都不可缺少，爱情往往出现在婚姻之前，性与爱情的关系更为密切，柏拉图式的爱情在女作家笔下虽然令人向往，但情欲却不可抵挡。之所以把这本该三位一体的亲密关系要素分解开来，有两方面的考虑。一是因为在 1990 年代的女性小说中，这三种要素往往是错位和独立的，这种状况正好说明了现代婚恋关系存在的问题，把它们分别讨论，并在两两对比联系中，突出婚恋关系中的问题，并思考这些问题背后的社会原因和话语背景。二是出于本书构架的考虑，这三个要素基本上反映了人类对亲密关系要求的三个层面，婚姻是亲密关系的社会层面，爱情是亲密关系的审美层面，性是亲密关系的物质层面，本书从这三个层面入手，能够把握 1990 年代女性小说世界中的婚恋关系概况。但是，婚姻、爱情和性这三个要素本身在亲密关系中很难截然分开。从理论上来讲，在传统社会，爱情和性都包含在婚姻形式之中，到了现代社会，爱情和性可以独立于婚姻之外存在，单就爱情和性来说，二者可以重合，也可以单独存在于婚恋关系之外。但是无论怎样，人为地将两性的亲密关系的各要素拆解会为本书的写作带来不便和难度，因为在探究一个要素时，必然会牵扯此一要素与彼一要素的关系，很难截然分开。对于这种难题，本书的写作策略是专章研究某一要素，而这一要素与其他两个要素的关系，也将在本章择其要点加以阐述。本书最后还为"姐妹情谊"这种突出的性别现象设立专章，作为 1990 年代写作的一个重要现象，姐妹情谊和亲密关系之间存在着密不可分的联系，辨析清楚这种联系才能全面把握 1990 年代女性小说的精神向度，也是对更为宽泛的婚恋关系的探究。

另外，还需对本书的研究对象——女性文学作一个介绍。虽然学者们对女性文学的定义各持意见，但是，从文学创作主体性别的角度将女性文学从文学总体中分离出来，是目前女性文学界普遍认同的一个做法。本书研究的 1990 年代的女性小说，是女性文学的一个分支，是从文体的角度把女性文学中的重要一部分作为研究对象。在这里需要特别指出的是，"女性文学"与"女性主义文学"的区别。女性主义文学是指深受西方女权主义思潮影响，具有强烈的性别意识，并以批判男权文化，建构女性主体性为特征，并由女性书写的文学。把女性文学与女性主义文学做出区分，是因为即使在"性别意识充分自觉"的 1990 年代，依然有很多女性作家拒绝或故意回避"女性主义"，也可以这么说，虽然她们有性别意识，但是并不认同"女性主义"理论，她们更多的时候，是按照个体的生命体验去写作，当然，这种体验一定也带着性别的特点和时代的特色，但是，与充分理论自觉的"女性主义文学"还是有着很大的不同。在 1990 年代的整个女性文学中，女性主义文学只是女性文学的一部分，甚至从作品和作家数量来看，不过是其中的一小部分，但是，因为她们"主义"的特征，使其在局部领域显得尤为突出。在讨论 1990 年代的女性小说的时候，虽然将女性主义思潮作为对女性创作产生重要影响的一种文化思潮，但也同样看到其他文化意识形态对女性文学创作的影响。正因为如此，本书的研究并非单一的性别视角，更是一种大文化的全景视角。

第一章

婚姻：传统两性秩序的裂变与黏合

　　婚姻是人类婚恋关系中最普遍的形式，它源自人类生物性本能，渐渐演化成习惯、习俗，最后被人类文明制度化。[①] 因为地域或者历史文化的不同，婚姻在各个时代或者地域中的表现形式有所差别。应该说，婚姻是人类长期积累的传统文化，在婚恋关系中，是人类理性逻各斯的体现。从文学的角度讲，婚姻并不是文学家喜爱表现的东西，因为婚姻的长期性、日常化和凡俗精神与文学本身的传奇性、浪漫性往往并不一致。作家们对爱情的表现大于对婚姻的表现，对爱情的热情高于对婚姻的热情，那热烈的爱情和由此引出惊天地、泣鬼神的传奇故事，是最富有文学性的。我们已经从古今中外的不朽之作中读到作家们对伟大不朽之爱情的热情讴歌和追慕。文学家对婚姻的表现，更多的要牵扯婚姻伦理，将家庭生活的情感微澜框定在婚姻伦理和道德理性之下，让故事情节在婚姻伦理与情感冲突中展开，让人物的命运在道德与情欲的最终抉择中显现出来，所以，写婚姻的文学家多是用现实主义精神把握世界的写作高手。

　　回到 1990 年代的女性文学，作品也是这种倾向。但是 1990 年代女性作家对婚姻现实主义的书写却受到女性主义思潮的影响，1990 年代的女性作家基本上是在现实主义和女性主义两股思潮影响的涨落起伏中去看待婚姻问题的。依据她们对待女性主义思潮的态度，可以做出区分。像王安忆、张抗抗这批在 1970 年代末和 1980 年代初就已经在文坛上崭露头角的女性作家，最初的作品都是从写女性开始的，作品虽然潜藏着女性视角，但是并没有以一种女性主义的态度去写女性，她们的态度是

---

　　①　E. A. 韦斯特马克：《人类婚姻史》，商务印书馆，2009，第75页。

温和的、理性的，她们并非带着先验的理念去批判婚姻，而是依据人性和理性的标准，去描写主体意识形态下的女性生活。类似的作家包括迟子建、皮皮、张欣和池莉等。另一批"80 年代"先锋派写作潮流下出现的女作家，代表者如陈染、林白等，受西方现代主义思潮和西方存在主义价值观影响很大，她们基本上持个人主义价值观，而到了 1990 年代，市场经济在中国社会的快速运行，加剧了对这种价值观的认同。同时，女性主义思潮深刻影响了她们的创作，自觉的男权批判是她们写作的一个重要理念，以男性为权力中心的婚姻模式和家庭模式，成为她们抨击的一个重点。在 1990 年代末，"70 后"女作家崭露头角，她们认同消费文化，以一种"反道德""反主流"的写作方式进行创作，小说展现的是"新新人类"在都市边缘化的生活状态，无视传统婚姻秩序。青春期的她们，认为婚姻束缚了婚恋关系上的自由，因此要竭力颠覆这种传统秩序，另外，消费主义语境下，她们的"女权意识"也在资本市场的笼络下半推半就地改变了初衷。还有一部分女性作家虽然有性别意识，但是对婚姻这种古老的婚恋关系认同并捍卫，她们大多是"新写实主义"者，虽然这一写作类型在 1990 年代初期就接近尾声，但是从某种意义上来说，以表现家庭生活为主的"新写实主义"思潮，成为捍卫婚姻秩序的重要阵地。

　　总体而言，在 1990 年代的女性小说文本中，婚姻一方面作为传统两性话语，被女性主义者质疑和解构，现代性伦理维系的婚姻关系破裂，或者在多元价值观的冲击下，现代人的婚姻呈现很不稳定的状态；另一方面，因为婚姻和日常生活的紧密联系，现代人的生活又被日常生活所占据和控制，在这样的情况下，婚姻也在年复一年、日复一日的日常生活中，被坚持下来，夫妻关系也在日常生活中稳固下来。除了婚姻的以上两种趋势，在一些女性文本中，似乎在发掘和寻找婚姻的稳定性和幸福度，作为具有超时代的古典之风，这部分女性写作试图探寻和重塑两性婚姻的理想状态。

第一节　婚姻现代性伦理的裂变

人类联姻的最重要因素是经济因素，并以繁衍后代为主要目的，而组建起的家庭是父权制的，男性因对经济基础的占有而在家庭中居于领导地位。现代社会实行的是一夫一妻制的婚姻制度，虽然现代伦理主张家庭成员的平等和民主，在实际生活中，丈夫或者父亲基本上还是家庭经济收入的主要承担者，与农业社会相比，现代社会的男权中心主义特征更含蓄和隐蔽，但是这种男性中心理性逻各斯并没有打破。虽然现实如此，但是在一个可能的世界里，这种以父权为核心的家庭关系是可以被打破的。中国1990 年代的女性写作在某种程度上试图打破这种父权文化。因为各种话语力量的制约，即使是带着女性主义性质的写作，在对待婚姻的问题上也是具有两面性的：一方面，她们的作品以对待社会"常态"的怀疑精神和对父权文化的叛逆态度，表达着对婚姻的质疑和不满；另一方面，总体上来说，她们还是在现代性的语境下看待婚姻问题，即使写出了一些叛逆的态度和看法，她们骨子里对两性婚姻的状态带着深刻的忧思和反省精神。市场经济时代的到来，使得中国社会更加开放地面向世界，成为全球化经济的一分子，这种全球化的经济让中国人走出国门，走向世界，人口的大范围流动给中国带来全新视野。1990 年代的女性小说带着现实主义的精神以生存写真的方式再现了经济对婚姻的冲击，这一点与女性话语对婚姻的质疑精神不谋而合。

一　"弑父"后的狂欢和焦虑

1990 年代的女性主义作家对婚姻的批判往往与对男权的批判联系在一起。陈染的小说《私人生活》，就是这方面的代表。小说一开始就以"弑父"的女性主义立场表达了对以父亲占主导地位的家庭生活的不满。

我的不可一世的生身父亲，用他与母亲的生活的割裂、脱离，使我对于他的切肤感消失殆尽，使我与他的思想脉络彻底绝断。①

这是一种决绝的"弑父"精神。孟悦、戴锦华合著的《浮出历史地表》一书，虽然讲到在 20 世纪初，五四新文化运动的女性参与者，如冰心、冯沅君、庐隐等人和那时的男性的现代启蒙者一起完成了"弑父"的任务，但是，那里的"父"主要是中国封建传统文化之父，在此基础上建立起来具有现代性特征的文化和政治。② 然而，1990 年代陈染等女性作家思想上的"弑父"与五四时期所弑之父并非一个"父亲"。陈染们思想中的"父亲"是一个生活在现代社会中的父亲，是一个受现代工具理性控制的父亲，父亲的生活和思想基本上是被传统控制着，父亲的情绪和生活状态是沉闷和紧绷绷的，而他在家中像是一个"不可一世"的权威，"我"和母亲不得不接受着这个权威的指令，这就是女儿和母亲不可超越的重复而沉重的"日常生活"。

> 我们对父亲说"是"，我们对生活说"是"，再也没有比这个回答更为深刻的否定。③

陈染带着强烈的女性主体意识和个人主义的自由精神，企图摆脱父亲的权威，摆脱日常生活的包裹，想冲破束缚，寻找自由的生活状态，因此开始了对婚姻这种具有传统理性特征的日常生活进行批判。在《私人生活》中，作者写了四对婚姻，这四对婚姻都是悲剧。其中最典型的，是"我"的父亲和母亲婚姻的破裂。在"文革"时期，父亲和母亲为生活的事情争吵不已，但是，政治运动和政治高压使得家庭矛盾弱化，父母的婚姻关系一直维持着。直到"文革"结束了，家庭矛盾凸显出来，父母协议离婚。

---

① 陈染：《私人生活》，人民文学出版社，2003，第 6 页。
② 孟悦、戴锦华认为，五四新文化先驱"旨在废弃的是文化领域的'帝制'，是那个历来不可触动的、超越一切肉身之父的封建'理想之父'；它的礼法、它的人伦、它的道德规范乃至它的话语——构成父权形象的一切象征"。见孟悦、戴锦华《浮出历史地表》，中国人民大学出版社，2004，第 4 页。
③ 陈染：《私人生活》，人民文学出版社，2003，第 10 页。

我的父亲在这一举足轻重的家庭历史事件中，表现了非凡的男子气概，像一个一级战斗英雄离开战场一样，在一个大雨滂沱如注的清晨，提上他的裤子，戴上他的眼镜，夹起他的公文包，就离开了家，十分悲壮。

……

我和我的母亲，也因此成了婚姻生活这一大多数人认同的美妙生活方式的怀疑论者。[1]

除了父母失败的婚姻，邻居们的婚姻也基本上是失败的。禾与她的丈夫新婚没多久，丈夫就移情别恋，不久得病死了，之后的寡妇禾，再没有走进婚姻。另一对邻居，葛家女人与葛家男人，"两个人唇枪舌战了大半辈子，好端端的两个人，挤到一个屋檐下，生生挤成了仇人"。终于丈夫在某个夜晚把妻子杀死后潜逃。这些耳闻目睹，让小说的叙述者"我"对婚姻产生了悲观态度。

陈染与同时成名的林白、海男被誉为文坛"三巫"，后两位对待婚姻，比陈染态度更激进，她们不但对婚姻本身的存在意义持怀疑态度，而且基本上无视婚姻对婚恋关系的道德约束，她们小说中表达着个人对婚恋关系新模式的探究态度，以此否定婚姻作为传统两性话语对两性交往的规约，同时也是她们超越平庸日常生活、探寻自为生活的一种态度。1990年代初，海男写出了震动文坛的作品《我的情人们》（1993），小说女主人公苏修在现实和幻想中一共拥有24个情人，而且，在同段时间内，苏修和多个情人交往，这些情人中有已婚的，也有未婚的，其中已婚男人乔里，面对情人苏修，表达着对婚姻的态度："苏修，给我带来空虚的首先是这婚姻，其次是恐怖。"[2] 应该说，海男的小说从此篇开始，就已经奠定了她对婚姻的态度——因为婚姻生活平淡无奇和寡淡无味，人物总想超越这种平凡，婚姻就成为小说人物想抛弃和避免的东西，人物也总是在情欲和婚姻之间徘徊和纠缠，婚姻并不具有稳定化的趋势，人物也并没有因为婚姻获得心灵的宁静和生活的幸福。林白在婚恋关系上的超前意识不亚于海男，她在

---

[1]　陈染：《私人生活》，人民文学出版社，2003，第39页。
[2]　海男：《我的情人们》，中国文联出版社，1993，第25页。

1990 年代末出版小说《玻璃虫》（1999），写的是电影人林蛛蛛的情感和精神生活。在南宁的时候，林蛛蛛与包括已婚男人泽宁在内的五个男人同时谈恋爱，但是和泽宁走得最近，他们谈论文学，一起生活，甚至讨论婚姻问题。于是，泽宁很快与妻子齐梦阳离婚，之后林蛛蛛和泽宁又张罗着给齐梦阳找对象，结果找了林蛛蛛以前的一个情人，电影导演丁北辰，这两个人也很快成为恋人。一组婚姻被打破，两组恋人诞生了，而且还彼此成为朋友。林蛛蛛这么表达自己的两性观：

> 我不喜欢正常的家庭生活，传统的婚姻早就应该砸碎了，要建立新型的男女关系，怎样才是新型的呢？不知道。所以要实验，要进行各种试验，我以我血荐轩辕。要搞实验婚姻，要试婚，要生私生子，要做单身母亲。女性要独立，人民要解放。①

如果说《我的情人们》中的女主人公苏修是以蓬勃的情欲超越了现代婚姻伦理，那么《玻璃虫》中的林蛛蛛则是以反常态的女性主义理念超越了常态的婚姻伦理。这两个女人都表现出对传统婚姻伦理的蔑视态度和超越精神。然而，作者在以离间效应去看待林蛛蛛的生活时（以一个社会"常态"的眼光去审视林珠珠的两性观）却是对她持批评态度，"这样一个被观念缠绕的女人迟早是要遭报应的。不是不报，时候未到"②。这说明了作者对自己不赞同的"理性逻各斯"潜在的恐惧，也体现了创作者本身对婚姻的矛盾态度。

林白最出名的作品《一个人的战争》也是以"一个人的孤绝姿态"对两性主流价值观表现出疏离。小说开篇，林白这样写道：

> 一个人的战争意味着一个巴掌自己拍自己，一面墙自己挡住自己，一朵花自己毁灭自己。一个人的战争意味着一个女人自己嫁给自己。③

---

① 林白：《玻璃虫》，作家出版社，1999，第 68 页。
② 林白：《玻璃虫》，作家出版社，1999，第 68 页。
③ 林白：《一个人的战争》，春风文艺出版社，2006，扉页。

　　林白的创作，一直是带着深刻的孤独意识和自恋态度，她的作品从未呈现幸福的婚姻，在她的笔下，婚姻与爱情无关，与幸福生活无关，多是破裂与出轨，与婚姻关联的是生存，是女性的社会性欲望，是无趣平庸的日常生活。

　　如果说，以上三位女性的小说体现了"弑父"的精神狂欢，那么铁凝等作家在 1990 年代的创作则体现出现代女性的焦虑与无奈。

　　铁凝在 1990 年代的作品中，对婚姻也持一种悲观态度。长篇小说《大浴女》是"布老虎"丛书之一，是一部畅销书。小说主要围绕着女主人公尹小跳的情感生活展开，表现女性的情欲追求。尹小跳在很年轻的时候，被有妇之夫、文化名人方兢看中，二人的情爱关系拖延了很久，最终尹小跳挣脱了他的光环，超越了他的情感羁绊。在勇敢地走出方兢的情感阴影之后，尹小跳发现了她的爱情，那是她青梅竹马的伙伴陈在，只是此时的陈在已经结婚，她等待陈在三年，直到陈在为她成功离婚，眼看着二人可以过上幸福生活的时候，尹小跳却因与陈在前妻的相遇而最终放弃了陈在。尹小跳在为自己的幸福苦待了三年之后，竟然在水到渠成的时候选择了放弃。她有一句话说得很经典："没有比一枚戒指更破碎的了。"她的这句话是回应她的好友，被男性伤害、早逝的女人万美辰的经典之语："没有比一颗破碎的心更完美的了。"虽然两人语出不同，但都是在经历婚恋起伏变故之后的深切感触。她的另一部长篇《无雨之城》也是写尽了现代女性对婚姻的失望。女主人公陶又佳是一位家世很好的女记者，在经历了一次失败的婚姻之后，因一次采访与市长普运哲相爱，怎奈市长终究不能"江山"与"美人"同爱，他为仕途放弃了爱情，陶又佳经历了情感的重创之后，选择了单身的生活；小说的另一条线索是陶又佳的闺中密友丘晔的情感经历，丘晔经历过两次失败的婚姻，有一个男孩，过了多年的独身生活，曾一度被陶又佳的画家舅舅所吸引，终因二人性观念的不同步而没有走到一起。除此之外，小说还重点刻画了另一个男性——一个猥琐男白已贺——丘晔的第一任丈夫，在"文革"的时候为了个人前程，抛弃了当时家庭成分不好的丘晔，"文革"结束丘晔的父亲升职为副省长的时候，白已贺恬不知耻地去丘晔家中跪求原谅但未果。这样，故事中的两个主要女人，在经历了一次次的婚姻失败和感情伤害之后，最终都选择了单身生活。只有邺城市长普运哲还维持着无爱的婚姻，整日为邺城市民奔忙而忘记了重要的家庭生活。故事中的人物，没有一人拥有幸福的婚姻，特别是对于女性来说，她们渴望爱情，但是这种渴望在婚姻里并不存在，也只能孤单的生活，在同性情谊中获得些许温暖。我们从这两部小说中可以看到，作者铁凝在男女关系中对男性形象的处理，几乎都带着批判的意味，无论是《大浴女》里曾经让尹小跳心碎不已的花心老男人方兢，还是《无雨之城》里对陶又佳始乱终弃的市长普运哲，就这些男人社会身份来看，都算得上成功者，但是，就是这些事业上的成功者对待女性对待感情却是不负责任且自私的，并不能给女性带来婚姻的幸福，当尹小跳从万美辰的手中接到方兢送给她的一枚戒指，尹小跳决绝地将这枚戒指扔到一棵树上，她已经将在心中占据多年的这个男人放逐了，也象征着她对婚姻的否定。

在 1990 年代，女作家聚焦破碎的婚姻成为一种风尚，比如作家皮皮的两部长篇《渴望激情》和《比如女人》都是集中写破裂的婚姻关系，但是她在写出破碎婚姻的同时，更将重点放在了思考婚姻破碎的原因，这是皮皮不同于女性主义作家的地方。还有张抗抗的小说《情爱画廊》，也是以坦然的态度表现了时代精神下不可避免的婚姻的"破裂和重组"问题，只是她对婚恋关系的变革，并非如女性主义者那样的以"弑父"为先验理念，她只是在尊重人的情爱本性的基础上，认可婚姻破裂的不可避免性。

二　多元价值观冲撞下的夫妻关系

前文中已经提到，强势话语对婚恋关系具有强大的制约力量，在"文革"中，强势话语对于夫妻关系具有很强的黏合作用。方方小说《乌泥湖年谱》是一部"超性别意识"的创作，新中国成立后在政治运动频发的时代，唯一的心灵栖息地就是家庭，婚姻的稳定成为知识分子们最大的渴望，只要夫妻两个在政治问题上没有矛盾，其他问题基本构不成婚姻的威胁。1990 年代经济蓬勃、文化自由、多元价值观流行，最重要的是，市场经济的放开使得中国国民对经济和物质的热爱和追求被空前的调动起来，大众对文化和精神的需求让位给了消费需求，这种转变在 1993 年之后尤为

明显，而到了 1998 年，文学界新生代发起的与主流文学"决裂"和文学
"断裂"的宣言①，使得中国文化领域出现了多元局面。文化的多元必然会
造成中国社会的价值观取向多元化，而具体到婚姻关系，夫妻之间会因为
新旧价值观的不同发生矛盾，甚至造成婚姻关系的破裂。如果说现代社会
的婚姻是以男女的感情作为结合的首要条件，同步发展的夫妻则能够把这
种彼此的相互认同很好地进行到底，而价值观念相左的夫妻则随着岁月和
时代的变迁，相互认同感变淡，价值观越来越不一致，最终造成分道扬
镳。这一时期女性作家的小说，充分反映了这种因为时代造成的婚姻关系
的破裂状态。

　　在女性作家群中，徐坤被称为"女钱锺书"，这是因为她关注知识分
子题材。她对知识分子的生存和命运的书写，是带有悲剧精神的，这种悲
剧性体现在知识分子生活的各个方面，包括婚姻的破裂。徐坤中篇小说
《先锋》中的诗人撒旦，在 1980 年代这个文化启蒙年代，以精神导师的身
份，获得了众多女性的青睐，并娶了崇拜者——美女朱丽叶，而到了 1990
年代，撒旦的知识分子地位降下来，经济上的贫穷遭到了朱丽叶的嫌弃，
不得不离婚。而后，撒旦被一个懂得商业炒作的"东方美妇人"召唤而
来，并拜倒在这个富商女人的裙下。把知识分子写成要靠情妇的资助来生
存，这是徐坤的残忍之处，也是她对 1990 年代知识分子处境的痛心书写。
她的其他小说如《斯人》《呓语》等作品都是反映市场经济时代知识分子
特别是男性知识分子尴尬的生活状态，特别是感情、婚姻生活的变化，他
们在大众中丧失了话语权。广东籍作家张梅长篇小说《激情的破碎》就写
了中国男性知识分子走下圣坛后的婚姻尴尬。1980 年代创办《爱斯基摩
人》杂志的圣德，是大众的精神导师，而到了 1990 年代，在一个欲望代
替理想的年代，圣德一度落魄下来，并失去了众多的女性追慕者，特别是
戴玲，这个女人在 1980 年代，追慕理想，为圣德离夫弃子，到了 1990 年
代，自己开办了美容院，成为欲望的奴婢。圣德创办了蓝箭文化公司，知
识分子不甘心被时代遗弃的命运，开始追求经济利益，但他生活中的两个
女人，米兰和戴玲，都已经远离了他。

---

① 陈晓明：《异类的尖叫：断裂与新的符号秩序》，《当代文学与文化批评书系——陈晓明
　　卷》，北京师范大学出版社，2011，第 247 页。

　　1990 年代除了让知识分子走下圣坛，精神上无家可归，同时让一部分经商下海的人富裕起来，而这群掌握了金钱的成功商人，成为社会权力的新生力量，因此婚姻也变得不稳定起来。池莉小说《小姐，你早》，原来在体制内做科员的王自力，作为最早的下海者，他快速发达起来，成为一名商业经营者，随着金钱的拥有量增加，他身边的女孩也多了起来。他事业迅速地上升，与科研所工作的妻子戚润物的距离越来越大，戚润物成年累月埋头实验室，与时代严重脱节，对消费社会的状况一无所知。戚润物在见证了王自力的出轨行为之后，提出离婚，这正中王自力的下怀。当戚润物目睹王自力频繁出入高级酒吧、饭店的时候，发现了二人世界的大不同。她以知识分子的智慧开始构想如何惩治这个被美女包围，想要自由身的市侩。终于，在姐妹们的帮助下，戚润物惩罚了这个自私男人，并获得了个人的自由生活。小说显然带着女性主义的立场，对姐妹情谊的表现，过于理想化。但是，小说再现的王自力与戚润物的婚姻危机，以及造成这种婚姻危机的原因，却是 1990 年代的社会背景下出现的一个普遍现象。除了这部小说，在池莉的中篇《你以为你是谁》中，陆武桥的妹妹与经商多年的妹夫的婚姻裂痕，也是因为时代给予夫妻之间的权力失衡造成的，1980 年代，妹妹陆武丽与刘板眼结合在了一起，到了 1990 年代，其貌不扬的刘板眼因为有点钱竟然搭上了年轻美貌的时尚女郎丁曼，虽然没有跟妹妹离婚，但婚姻生活却处于不平静中。相同的，在铁凝的小说《午后悬崖》中，女人韩桂心和丈夫曾经拥有稳定的婚姻，但是到了 1990 年代，丈夫下海富了起来，便对韩桂心疏远了起来，韩桂心在被丈夫冷落后，想通过一些事件引起丈夫的注意，竟然找到记者重新提起自己童年幼儿园时候的一次杀人事件，没想到丈夫知道后，要送她去精神病医院，婚姻危机不但没有解除，反而加剧。从以上作品来看，女作家们以现实主义的精神看到了时代的变迁，以及时代强势话语对人们观念的影响，男人因为拥有了资本而获得更多的权力，对社会资源的选择权增大，也造成夫妻价值观的拉大，导致婚姻的破裂。

　　表现城乡文明的冲突在五四启蒙时期的文学作品中就已经出现，但是因为作家的价值立场不同，在如何看待城市文明和乡土文明的优劣性问题上，却表现出多元化的特征。如鲁迅开创的"乡土小说"与沈从文的"京派"作家中，就有着鲜明的对照。到了 1980 年代，中国当代文学进入了一个"再启蒙"阶段，城乡冲突竟然出现了一边倒的倾向，即这个时期的文学作品，无论是男性还是女性作家，几乎都认为城市文明优于乡村文明。这种一边倒的价值立场也说明了中国 1980 年代文学的现代启蒙精神。但是，到了 1990 年代，这种价值立场发生了转变，出现了多声部的声音。孙惠芬的长篇小说《马歇山庄》反映的就是现代文明对乡村文明的冲击，与 1980 年代女性写作者不同的地方在于，女性对现代文明的追求和选择不再以现代文明的象征者男性为启蒙导师，而是表现出一种个人的选择。女性的这一自我启蒙，深刻地影响着乡村里的婚姻关系。小青是马歇山庄唯一在城里读过书的女孩子，而小青的嫂子月月是村里的小学老师，有文化且人长得漂亮，小青的哥哥林国军因为惊吓丧失了男性功能，月月在不经意间爱上了买子，并怀上了他的孩子。月月为了爱，与林国军离婚，并打算把孩子生下来，但是买子辜负了她的爱，在最后关头，月月毅然打掉了这个孩子，并拒绝了回心转意的买子。买子在权衡利弊之后，最终娶了年轻美貌，且性观念相当开放的姑娘小青。二人过了一段稳定的生活，但是，小青终于不能满足这种平庸无趣，周而复始的乡下生活，决定离开买子，去寻找自己想要的城市生活。孙惠芬将一个古老的"姑嫂石"传说，搬到现代社会，这个凄美的爱情故事变了味道，传说中的姑嫂二人同时爱上一个男人，并为这个男人化身成石，以示忠贞。但是，1990 年代的马歇山庄的这对姑嫂，在现代意识和自我意识的影响下，都按照自己的意志选择了自己的人生方向，一个因为辜负了自己的爱，一个因为要追求自己的人生价值，都主动抛弃了买子这个男人。无论是月月婚姻的破裂还是小青婚姻的破裂，与现代文明对两位乡村女性的深刻影响有直接关系，姑嫂主体意识强大是她们主动放弃心爱男人买子的根本原因。

　　价值观的问题也许不光是时代话语带来的，还有一些是来自个性的，从人性的角度去看婚姻的选择，更符合现代性的理念。铁凝的《寂寞嫦娥》，写的是一个从农村来的中年女人"嫦娥"，到城里为一位身体不太好的男作家当保姆，因为她勤劳能干，为人热情，男作家在身体渐渐好了之后，决定娶她做老婆。一个知识分子和一个乡下的妇女生活在一起，是不太合适的，也不会有太多的沟通和交流，只不过是男作家出于个人生活需要的妥协且带点自私想法的决定。这个粗俗的乡下女人，生活在一群高级知识分子的环境下，并不能得到邻居们的尊重和认同。邻居们对这个女人是嘲弄和鄙视的态度，乡下女人当然感受得到这种歧视。之后，"嫦娥"遇到了一个来城里做生意的中年男人，"嫦娥"在与这个生意人的交往中渐渐感到二人的合拍。于是，在高级知识分子的生活环境下感到深深寂寞的"嫦娥"，主动与男作家提出离婚，与进城的中年男人结合在了一起。这个短篇是站在普通的妇女的角度，关注这类女人的个人情感选择和个人尊严的问题。女人主动放弃与男作家的不协调的婚姻，正是对自尊的捍卫和对自我认同感的寻找。

也有不少作品是把时代精神和人性结合在一起去写夫妻关系的破裂，从文学的真实性和艺术性上来说，这类作品更具有现实主义的厚度。1990年代的女性小说中这方面的优秀之作还是不少的。池莉《惊世之作》重点在于塑造一个被时代精神遗弃的聪明过头的男人。曾经在 28 岁就是厂长兼技术工程师的列可立，到了 1990 年代，自视清傲，迷信个人智慧的他基本上与大众脱节，也因此被时代抛弃，在一个商品经济发达，消费主义日益流行的时代，美丽时尚的妻子卓慧再也不能忍受列可立自制的鞋柜和他缺乏"大众性和兼容性"的性格，二人从吵架直到婚姻完全破裂，很大程度上是二人价值观错位造成的。徐小斌中篇小说《双鱼星座》，女人零卜与丈夫韦婚姻空洞，起初丈夫欣赏零卜的文字才华，等丈夫事业渐起，金钱渐丰，突然感到零卜不过是个无用的人，也渐渐对妻子失去了兴趣。零卜是一个执着的爱情追求者，当韦离她而去的时候，零卜清晰地看到自己在丈夫心中的地位，感情破裂似乎不可避免，夫妻之间的裂痕也就拉开了。池莉长篇小说《来来往往》，段莉娜与康伟业刚开始结合的时候是有些问题的，1960 年代，段莉娜家世显赫，却看中了冰冻公司的工人康伟业，而康伟业对段莉娜并没有多少兴趣。段莉娜作为军区大院长大的女孩，对政治的敏感和强硬的行事风格让康伟业不太喜欢，有压抑之感。1980 年代末，康伟业下海经商，脱离自己不喜欢的按指令行事的体制，市场经济的自由灵活状态似乎更符合康伟业的性情。康伟业在商海中如鱼得水，而在军区大院长大的段莉娜一直保持着计划经济时代的做派，对组织、对体制笃信不移。段莉娜虽然用她的钢铁意志，并集合各种智慧维持了婚姻，但是，二人的关系却是貌合神离，之后出现的女孩时雨蓬与康伟业的暧昧关系，再次说明了康伟业与段莉娜存在性格和价值观上的不协调性。以上几部作品对婚恋关系的分析都是具有强烈的时代精神的，同时聚焦人物的性格，意在刻画立体丰满的"圆形人物"，在1990年代的女性小说中，以上作品也都算具有代表性的上乘之作。

1990年代女作家的现实主义力作，力图反映时代精神对人们的影响。婚姻中的男女双方价值观发生转变，另外，因为时代的变动，婚姻双方的权力地位也发生变化，打破了夫妻之间的平衡状态，形成婚姻关系的失衡和裂痕；有的女作家从人性的角度，去写小人物的追求，对于婚姻来说，表现为去寻找有相同价值趋向的伴侣，而放弃看起来美好却没有尊严的婚姻。更多作品是将时代因素和个性因素结合在一起，反映这一时期夫妻关系的问题。总体来说，在现代婚姻关系中，两性的婚姻作为以爱为基础的组合，需要彼此的认同感，一旦这种相互的认同感被打破，彼此之间爱的关系就无法维持，婚姻的和谐度很容易受到破坏。在一个价值多元甚至社会价值伦理急剧裂变的年代，夫妻之间的认同感是很容易丧失的，破裂的婚姻也就不可避免。

三　经济全球化与空壳婚姻

何为空壳婚姻？就是指空有婚姻之名，而没有婚姻之实的婚姻。造成空壳婚姻的因素很多，其中一些因素与现代社会有着直接的关系，现代交通技术的发达以及经济全球化的趋势，人们为了生存和事业而辗转各地，夫妻之间因为长期分居而使得他们之间的关系变得空洞起来，没有交集的日常生活已经不能培养出相濡以沫的情感，夫妻关系的维护更多的是一种"意志"或法律形式。这基本上是空壳婚姻的特征。

1998年《十月》杂志刊发鲍蓓的中篇小说《倒影》，小说以隐性内叙事视角，讲述了两个女人楼兰、依林的婚姻与情欲经历。这个作品旨在思考婚姻、爱情与性这些婚恋关系核心要素之间的关系。楼兰和丈夫的婚姻，是小说的一个聚焦点。楼兰与丈夫已经分居多年，丈夫在美国，楼兰在国内。两个人的联系方式是通过越洋电话，当然，有时候也通过国际航班见面。在分居的这些年里，楼兰感到"她还爱她的丈夫，这种爱是建立在一种爱的意志之上，一种必须有一个完整家庭的意志之上，这个意志是如此地脆弱，不能经受任何风浪"。① 意志毕竟不同于情欲来得热烈，夫妻二人各自都有了自己的情人。

有一次，丈夫从美国坐国际航班到香港，又从香港转到内地来与妻子楼兰相见，丈夫决定回国与妻子过日子，二人讨论起他们的关系：

> 我们做到的相互理解比爱的疯疯癫癫的人要多得多。可是这么理性的关系总好像不是一对男女之间应该有的关系。可能爱情长到了中年它的长相就变了，爱情也会老。如果一个人能说出爱他人的道理，那个爱就老了。但你不能说那不是爱情。也许，说我们不爱才是面对现实的说法。人一生找的是不是就是这个"不爱"，它比爱来爱去更让人可信，平平静静地不用太费心、太耗力地相伴到老。②

这段讨论揭示了这种空壳婚姻的实质：理性大于感性，习惯多于热情，而造成这种局面的原因，与人的孤独感、性解放、生存压力等时代因素有着直接的关系。

铁凝的小说《对面》里也有类似的婚姻关系。"我"是一个年轻的男性，因为工作，申请住在一个大仓库里，正巧可以窥探到对面住宅的女人。对面的女人对"我"来说是一个熟悉的陌生人。"我"偷窥到的正是一个女人最不愿示人的个人隐秘：她饱满的裸体，以及她同时和两个男人亲密交往而不会穿帮的事实。"我"猜测出，这两个男人都不是女人的丈夫。一个夜晚，"我"带着复杂心态，恶作剧地将她和其中一个男人通奸行为暴露在日光灯下，从此，女人消失在"我"的视线里。"我"从报纸上知道女人自杀了，只有"我"心里清楚，刽子手是"我"。报纸上刊登了女人的社会身份和嘉德懿行，原来这个陌生而又熟悉的女人是市里的著名游泳教练、政协委员，丈夫出国在外，报纸上说：本来可以随丈夫出国，但是她留了下来，为国家培养游泳人才。女人与丈夫空有婚姻的外

---

① 鲍蓓：《倒影》，《十月》1998 年第 2 期。
② 鲍蓓：《倒影》，《十月》1998 年第 2 期。

壳，而"我"所偷窥到的则是女人最隐秘、最真实，也是最丰盈的婚恋关系。在女人自杀以后，"我"看到一个细胳膊细腿的白面书生，来到女人的住宅，神情漠然地处理善后，这个男人才是女人的合法丈夫，而这个男人，与已经死去的女人之间，除了法律规定的义务和权利之外，还有多少情感和生活的交集呢？在 1990 年代的最后一年，颇有文化轰动效应的"美女写作"，代表人物卫慧的《上海宝贝》里，也出现了这样尴尬的婚姻。女主人公 coco 的德国情人马克，是一个已婚男人，妻子在德国，他在上海与 coco 等中国女人保持情人关系，妻子来过一次上海，马克对妻儿表现出了足够的尊重，但是面对 coco，这个让他欲望蓬勃的中国后现代女孩，总是欲罢不能。

如果说分居是形成空壳婚姻的重要原因，那么，对于 1990 年代的中国，商业大潮的兴起，市场经济的全面铺开，人们纷纷放弃稳定的工作，下海经商，在一定程度上也是造成婚姻不稳定的因素。对于致力于书写 1990 年代国人下海景观的女作家来说，再现出经济繁荣与婚姻不稳定这一社会学定律是她们并非刻意为之的创作观。女作家张欣就是这样的一个代表。被誉为 1990 年代"通俗小说写作"（戴锦华的评价）[①] 成功典范的广州籍作家张欣，其作品深刻反映了中国经济开发初期，疲于挣钱干事业的男女的不幸婚姻。《一意孤行》是张欣的一部长篇代表作。作品主人公于冰（曾用名于抗美）在 1970 年代粉碎"四人帮"的时候，因为与将军杨三虎的关系，政治上受到连累，在孤独无依，政治危难的情况下，与杨三虎的身患重病的儿子杨志西建立了婚姻关系。1980 年代中期，于冰被迫放弃医院的公职，南下广州，下海经商，在康华公司，得到萧沧华重用。于冰与杨志西就这样，长期分居两地，于冰在广州，为公司利益奔忙拼命，公司规模慢慢扩大。杨志西在家中开了饭馆，生意不错，随着钱越来越多，以及与妻子分居两地的原因，他找了小三黄豆。但是，于冰打算离婚的事情因为杨志西的身体状况，以及错综的家族问题直到 1990 年代末，二人才真正结束了名存实亡的婚姻。应该说，于冰的婚姻是政治一体化时代的余声结出的酸果，在经历了十多年的时代变迁和家族变迁之后，经济与

---

① 戴锦华：《奇遇与突围——九十年代女性写作》，《文学评论》1996 年第 5 期。

个人都获得活力的时代，结束了空壳婚姻。而他们十多年的两地婚姻又与中国经济的改革开放的历史背景息息相关。无独有偶，于冰的直接领导，康华公司的经理萧沧华的婚姻也是空壳婚姻。妻子在内地，是名幼儿教师，而萧沧华在深圳奋斗打拼，二人的联系方式就是电话，妻子倒也算贤惠，嘱托于冰帮忙照顾自己的丈夫。萧沧华和于冰的关系微妙，他们是事业上的合作伙伴，在生活上，她对自己的上司也尽量照顾。但萧沧华却没有和于冰发生过什么亲密接触，却找了一个可以让他轻松的于丽娜做情人。于冰与萧沧华的婚姻问题被他们所追求的事业遮蔽。这既有时代的因素，同时也有个性因素。

与张欣的作品不同，池莉的长篇小说《来来往往》把笔墨的重点放在康伟业的情感经历上。小说从康伟业与段莉娜不情愿的结婚写起，多年来康伟业一直活在段家的权势和压力之下，直到 1980 年代，康伟业下海经商，事业做得顺利，钱越来越多，便越来越不接受段莉娜的管束，繁忙的工作和频繁的出差使他和妻子的距离越来越远。遇到林朱是必然，林朱离开后，康伟业与段莉娜的婚姻基本上是空壳婚姻，而后康伟业在酒吧遇到时尚且纯真的女孩时雨蓬，虽然不似与林朱那般热烈和真挚，但是这个姑娘似乎填补了康伟业荒芜的情感生活，缓解了苍白的婚姻生活带给他的沉重和无奈。

如果说池莉的这个作品是以男性为写作视角，因而少了点女性立场的话，萨娜的小说《你脸上有把刀》，则是一篇具有女性主义特色的小说。史红在商界叱咤风云的时候，有不少的追慕者，也因此遭到丈夫的怀疑，并用情感阻止她的事业追求，甚至他因为无能和绝望而使用暴力阻止史红的事业。在丈夫以死相逼的情感旋涡中，史红放弃了自己的事业，做了一名普通的家庭主妇。但是史红和丈夫金林在经历了多次的矛盾和争执之后，再也没有了感情。金林在外面有了情人，而曾经美丽的史红，也在死水一样的家庭环境中变得身体肥胖，没有了生气和活力，小说写道：

> 在离家不远的街道上，金林被一个女人的背影牵动视线，她推着婴儿车缓慢行走，那硕大的屁股和粗壮的小腿，以及宽厚的脊背让人

看起来完全像一个步履沉重、死气沉沉的中年妇女。①

　　这个死气沉沉的中年妇女，是史红，也是很多如史红一样，为了家庭而放弃社会工作的女性的命运。作者萨娜以对女人为了男人和家庭放弃事业的批判态度，以及对史红与金林无爱的空壳婚姻的表现，表达了自己坚定的独立女性立场。

　　需要进一步分析一个社会问题，这也是当代婚姻面临的重要挑战：女性走向社会，通过进入现代职场体现其个人价值，使得女性可以不囿于婚姻和家庭。这种女性的现代转型需要男性的配合，即男性从原来基本不参与家庭事务的传统模式，而只负责社会工作的性别角色下转变过来，承担一定程度的家庭工作。只有男女的社会角色都发生转变，才能处理好婚姻和家庭问题，特别是在一些职场的角逐中，女性显示出优于男性的性别优势，这一点让仍然固守着大男子主义思想的男性们甚是不甘。他们不懂得因爱转变，降低身份承担女性无暇顾及的家庭义务，却又以婚姻和家庭为由阻碍女性事业的发展。这在一定程度上促使女性在婚姻问题上的动摇。女性为了事业放弃婚姻，成为现代家庭不稳定的重要因素。问题在于，当男性把现代家庭不稳定的因素归罪于女性走向社会，忽略家庭这一原因的背后，是男性现代社会环境下，其性别身份和社会角色意识的不反思、不改变。早在1980年代初期，作家张洁在作品《方舟》里就已经表达出职业女性难以两全的人生困境。

　　进一步讨论的是文学问题，1990年代的女作家，无一例外站在现代文化的背景之下，极少反思婚姻破裂的个人原因。也就是说，在1990年代的女性文学中，女作家同样缺少反思，缺少自我批判。在这个时期，也许只有徐小斌和铁凝，有这样的反思精神，可惜她们反思的点都放在了人性的问题上，而没有反思时代的原因。

　　从整体来看，1990年代大部分女作家对婚姻持有怀疑态度，她们重新审视人类这一传统的婚恋关系，发现了很多的问题，这些问题既来自时代因素，也来自性别因素，同时也有个性因素。这些因素共同造成了婚姻的

———————————

　　①　萨娜：《你脸上有把刀》，《十月》1998年第1期。

破败。没有一个时代的作家，会把婚姻写得如此破碎。然而，时代既生产造成婚姻破裂的机缘和文化，也生产使得婚姻得以维持的黏合剂。婚姻作为传统的一种理性逻各斯，即使在 1990 年代，也是让人们无法摆脱。于是，在女作家书写的婚姻关系中，出现了既破碎又弥合的景观。

第二节　生活逻辑的黏合

就 1990 年代的整个文化思潮来说，经济实用主义作为一种具有普遍性的价值观，既是一种生产，也是一种制约，这种话语力量一方面使得坚持理想主义价值观的知识分子的婚姻关系受到冲击；另一方面，这种价值观念也成为维持婚姻秩序的话语力量，很多看似不和谐的婚姻，也在强大的实用主义理念之下，被黏合在一起。所以，婚姻出现裂缝，是可以黏合的。这些黏合的因素在 1990 年代小说文本中呈现出来，使得婚姻在岌岌可危之时，并未走向破裂，而是稳定下来。总体来看，这些因素多是功利而实用的。

一　无法超越的日常生活

何为"日常生活"呢？可以借用吴宁对日常生活的阐释："日常生活是以个人的家庭、天然共同体等直接环境为基本寓所，旨在维持个体生存和再生产的日常消费活动、日常交往活动和日常观念活动的总称，它是以传统习俗、经验、常识等经验主义因素为基本活动图式，以生存本能、血缘关系、天然感情等自然主义关系为立根基础，以家庭、道德、宗教为自发的调控者和组织者，以重复性思维和重复性实践为本质的存在方式的自在的类本质对象化领域。"①

在经济发展为首要任务的和平时代，日常生活几乎占据了人类生活的全部。文学也失去了革命年代宏大叙述的现实基础，而转向对生活琐事的

---

① 吴宁：《日常生活批判——列斐伏尔哲学思想研究》，人民出版社，2007，第 184 页。

描述与刻画。对于 1990 年代的女性文学，首先必须关注的是"新写实主义"小说。1980 年代中晚期到 1990 年代初，池莉以她的"新写实主义"力作——《烦恼人生》《不谈爱情》《太阳出世》——"人生三部曲"，已经开始了对婚姻生活的捍卫，她将婚姻生活与一种无法逃脱和超越的日常生活重叠叙述，并且以对这种琐碎、重复的日常生活的认同感，来"撕裂"那个年代以"爱情"营造出的理想主义之风。在《烦恼人生》中，池莉赋予平民印家厚一种朴实的英雄主义精神，以坚忍的态度让自己的生命节奏跟随着日常生活的沉重步伐前行，为了家庭和工作的责任放弃个人的理想和女弟子对他的感情，这多少带着些悲壮。接下来的《不谈爱情》（1989），年轻有为的脑科大夫庄建非在思考自己的婚姻时，认为主要动机不过是为了满足"性欲"，但经历了妻子吉玲的闹离婚事件，庄建非改变了对婚姻过于简单的理解，明白了婚姻是两个人相扶相持地过日子，小说既没有用"性"把对婚姻的传统看法解构掉，更以回避爱情的方式，放逐了 1980 年代的人文精神和理想主义情怀。《太阳出世》（1991）作为 1990 年代的作品，相较于前两部作品，多少带上了点理想的光芒，虽然赵胜天和李小兰的新婚生活过得琐碎、无趣又矛盾重重，但是孩子朝阳的出生，为这对小夫妻的婚姻生活带来了动力和希望之光。池莉的"人生三部曲"是在写婚姻，她赋予婚姻中的日常生活以严肃的意义，她让作品中的人物在婚姻这种两性关系秩序中经受历练，并让双方完成一种"长久的叙事"。因此，"新现实主义"的文学思潮属于现代性话语，池莉对日常生活的写实表现，生产着婚姻关系的黏合剂。

1990 年代遵循现实主义创作原则的女作家不止池莉，徐坤、张欣、皮皮、铁凝等在这个时期都有现实主义的力作，她们以现实精神维护和坚持传统两性秩序，她们的小说在表现婚姻关系上，呈现了复杂的女性话语和主流话语的交融耦合关系，但最终，作家以主流话语的言说之声覆盖了女性的反叛之声。

王海翎的一部长篇小说《牵手》被拍成电视剧，在 1990 年代引起了强烈的社会反响。夏晓雪为了丈夫钟锐的事业，为家庭付出很多，生命热情被琐碎的日常生活消耗，甚至被单位辞退，但是她和丈夫钟锐的关系越来越紧张，争吵不断，特别是当现代女孩王纯出现之后，钟锐和夏晓雪的婚姻关系已经无可挽回地破裂。之后，夏晓雪重新拾起了自己的事业，找到了自信，而钟锐深爱的王纯离去，也恢复了单身生活，二人也各自寻觅着伴侣。夏晓雪准备跟富商沈五一结婚的前夕，遭遇了车祸，钟锐和儿子丁丁的探视，再次令这个三口之家团聚在了一起。而沈五一目睹了这一切，选择离开。小说写道：

> 沈五一曾将自己和钟锐一条一条做了比较，却忽视了最重要的：他和那个女人拥有着共同的岁月。共同岁月之于婚姻，有时候比什么都重要。①

王海翎将婚姻的落脚点放在了生活上，婚姻就是夫妻双方在日常生活的相濡以沫中共同走过的岁月，这算是婚姻的一个真谛。

铁凝有一个短篇《B 城夫妻》，虽是 1990 年代的作品，但故事的时代背景是在 1949 年前，布店的老板和老板娘关系之好，在 B 城是公认的，去布店做衣服的人，总是能看到夫唱妇随，恩爱有加。后来老板娘病倒离世，安葬的时候，因为抬棺材的家丁失误，棺材被碰掉，老板娘竟然奇迹般地活了过来。夫妻二人又一起过了几年，依旧是夫唱妇随。直到老板娘再次先老板死去。一个耐人寻味的一个细节是，在这次架殓时，老板竟然叮嘱家丁说"这次抬棺材要仔细了，不要再掉下来"。家丁和叙述者"我"感到困惑的一个问题是，老板和老板娘的夫妻关系如此好，为何老板并不挽留老板娘呢？叙事者带着这样的困惑曾仔细观察老板的举动，发现老板是一个对女性很懂分寸的人，他对所有的女性都是尊敬有加。直到小说最后，作者也没给读者揭开问题的答案，但是从细节描写中，读者似乎可以推论出，这对众人眼中的模范夫妻，他们相敬如宾和谐稳定的夫妻相处之道，更多的是凭借彼此的习惯和品性，而非世人眼里的所谓感情深厚。铁凝以她一贯的对婚姻的怀疑态度，去写这对并非生活在现代社会的夫妻，意在表达，婚姻的和谐与稳固更多的不是所谓的爱情，而是夫妻二人在日常生活中的彼此尊重的相处模式。

---

① 王海翎：《牵手》，作家出版社，2011，第 363 页。

徐坤的中篇《热狗》是一篇表现知识分子日常生活的小说。陈维高在知识分子备受折磨的 1960 年代，娶了根正苗红的城市贫民妻子马利华，二人共患难了多年，到了 1990 年代，陈维高已经成为著名的戏剧评论家，并因为给一个纯艺术的话剧作了一篇评论，而使其中的年轻美丽的女演员小鹅儿走红，陈维高与小鹅儿因此升级为情人，经常私会，陈维高家庭的夫妻关系因此出现了裂痕。妻子马利华发现了丈夫与小鹅儿的私情，一气之下撕毁了陈维高的写作稿子，陈心脏病突发住进医院。陈在医院中还惦记着情人小鹅儿，不顾一切地去找情人，却发现小鹅儿已经移情别恋，伤心麻木的陈维高回到医院病床上，却收到了妻子让儿子送来的鸡汤，陈维高瞬间热泪盈眶，而这感动的背后，也意味着夫妻感情的弥合。激情是令人迷醉的，也是短暂的，不过是平淡如水的日常生活的一点佐料，佐料放多了，有可能毁了平淡的生活。徐坤的小说总是让夫妻之间日常生活的温情来黏合夫妻之间的裂痕。短篇小说《橡树旅馆》也是这样的一个主题。记者身份的少妇伊玫，因采访认识了文化商人水木原，二人产生激情，并多次在景色优美的橡树旅馆幽会。出差回来后，为了与情人约会，她故意避免与丈夫的性生活。在赴约途中，突然流鼻血，她来到丈夫大鹏的工作地点，大鹏呵护备至。即使如此，她还是赶往了橡树旅馆，但是，得到的却是情人急切、自私的欲望和快感消费。在两个男人的对比中，她感受到了情人与老公的差别，从那以后，她再也没有去过橡树旅馆。徐坤是 1990 年代女性作家中少有的即具有性别意识又和主流叙事相融合的作家。徐坤善于将人性中的"出轨"之举放在正常轨道之上，让主人公在正常和"非常态"的双向对比之中，重回社会正常轨道。这是一种智者的书写方式。徐坤的这类作品往往以一种超性别的态度看待夫妻关系出现的问题。也正因此，我们在徐坤的作品中，感到她在处理婚恋问题时的理性精神和对现代性伦理的遵从态度。

相比于徐坤适可而止的处理婚姻中的情欲外遇，皮皮小说虽然坚持着现实主义的笔触，甚至带着传统道德训诫的通俗意义，但是在长篇小说《渴望激情》和《比如女人》，甚至她的中篇小说《危险的日常生活》等作品中，情欲的力量被表现的过于强大，足以冲击当事人的婚姻，导致婚姻破裂。皮皮小说的吊诡之处在于，当事者（主要是男性）在痛饮情欲之酒后，结局总是悲惨，作为情欲符号的女性要么死去，要么弃男性而去，使得男性在遭遇婚姻家庭破裂的同时，再次遭遇道德和良心的谴责，而没有被情欲牵着鼻子走的一方，也就是婚姻中表现出理性克制的一方（多为女性），结局总要好很多，甚至可以收获到一份更好的婚姻。从这种结局安排可以看出，写作者本身是坚持理性道德立场的。那为什么又极写情欲的力量呢？这正是 1990 年代消费主义话语对作家创作的影响，作者对小说通俗品质的追求让她总是放大非理性因素对小说人物的影响力。在这一点上，皮皮跟"70 后"的女性作家本身的非道德立场是有着本质的不同，在"70 后"作家那里，她们除了坚持消费主义的写作态度，更重要的，她们完全是用一种非道德的价值立场去看待两性问题。

铁凝也是一个能够很好的平衡情感和理性的女性作家，她一方面塑造具有强烈自我意识和情感追求的现代女性；另一方面，她也以现实主义的精神塑造功利理性极强的男人，她总是让主人公在情感和理性的交替和演绎中，表达对婚姻的困惑。从超越性别的角度阅读铁凝《无雨之城》可以发现，这篇小说实际上写了一场婚姻危机是如何从平静到出现裂痕，然后再经历了一些人事之后，这场婚姻又如何恢复了平静的故事。郓城市副市长普运哲与妻子葛佩云的婚姻在小说一开始的时候，就是死水一潭。妻子感受到了丈夫的出轨行为之后，开始了自己的婚姻保卫战。死水微澜，妻子为了调查丈夫的出轨，开始学习摄影技能，脑子也灵活了不少，并为了家庭和丈夫的利益，开始与白己贺交涉。于此同时，丈夫与女记者陶又佳的交往，激情似火，不断升温，二人开始考虑婚姻问题。直到普运哲面临升迁市长的考验，在权力与爱情之间，普运哲开始向权力倾斜，现代女性陶又佳因为普运哲对自己感情的减退而不断制造矛盾，关系出现危机。葛佩云在这个时候，不但表现出对丈夫工作的支持和理解，也让普运哲觉得葛佩云比陶又佳更"好对付"，妻子葛佩云通过日常生活让丈夫感到了安全和对他利益的维护。运哲终于在权衡利弊之后，做出了符合个人利益的选择，夫妻关系的裂缝得以弥合。陶又佳最终退出了这对夫妻的生活。

因为日常生活而不得不坚持下来的婚姻，并非一种理想的婚姻状态。法国哲学家，被称为"日常生活批判之父"的列斐伏尔对日常生活的认知是深刻的："自在的日常生活具有极强的保守性和惰性，在一定历史条件下，会成为人走向自由全面发展以及社会走向现代化的桎梏。"① 人对日常生活的坚守和屈服，体现了人的主观能动性的减弱，人不能自为地创造生活，而被强大的生活所俘虏，在列斐伏尔看来，这体现了人的不自由，并非一种人本主义的生活方式。因此，也可以说，以实用理性坚持下来的婚姻不是一种人类婚恋关系的理想状态，因为这种婚姻不能体现人的自由意志，显示不出人的超越性。

二　工具理性和生存法则

从人类学上来考察，人类婚姻最早发生的时候，应该与生存法则有着直接的关系。按照列维-斯特劳斯《结构人类学》中的观点，人类社会伦理的最早产生，是以婚姻关系为基础的，部落之间互换女性，作为部落友谊和交往的最高形式。女性以"财礼"的形式从男性部落首领那里交给另一个部落的男性，增进部落之间的友谊，并促进部落人口的繁衍。② 时至1990年代，随着商品经济的繁荣，交换理念与市场理念深入人心，并深刻影响道德人伦。功利主义的价值观也是在这个时候空前滋生。对于部分女性作家而言，功利主义与女性主义两种话语也影响着她们创作时对婚恋关系的处理，在塑造人物上，突出了女性对社会性欲望的渴求，用工具理性放逐理想主义和人本情怀。不同于人类早期的交换行为，在女作家笔下，具有主体意识的女性，已经不再是通过男性社群获得自我生存权，她们深谙生存之道，通过婚姻换取个人利益和生存资源成为女性的一种自我选择。

在林白的作品中，这种婚恋关系多有表现，她的作品表现的是女性在追逐个人名利的时候，往往会放弃道德理想，理想和欲望的区别在于前者是具有人本精神的，是对现实生活的超越；后者是一种沉溺于现实中，对个人名利的渴望。林白较为典型的作品如中篇小说《随风闪烁》就很好地说明了这个问题，红环是一个来自南方小镇的北漂，热爱文学，想成名成

---

① 吴宁：《日常生活批判——列斐伏尔哲学思想研究》，人民出版社，2007，第185页。
② 朱丽叶·米切尔：《父权制、亲属关系与作为交换物品的妇女》，张京媛编《当代女性主义文学批评》，北京大学出版社，1992，第430~435页。

家。在北京，她隐去自己已婚的事实，可怜楚楚，得到了一个文学编辑——善良大男孩的同情和爱情。但是，红环并没有与这个对他有情的男人结婚。为了圆自己的出国梦，红环嫁给了一个荷兰老头，据说，还在阿姆斯特丹成功地举办了一场她个人的诗歌朗诵会。红环也因此被"我们"这些留在国内的朋友所羡慕。红环的婚姻选择是功利主义的，她为了满足个人的社会性欲望而牺牲掉爱情。另一个中篇《致命的飞翔》，李芮也是一个北漂的年轻姑娘，她与老男人登陆生活在了一起，很重要的原因是登陆能给她提供住所。《瓶中之水》才华横溢的女设计师意萍最后放弃了对北漂男孩二帕的情义，选择了世俗的婚姻，嫁给一个不爱的男人，过上了世俗的生活，也是因为她对现实的屈服。

在陈染小说《无处告别》中，廖一、黛二、麦三本来是很好的姐妹，姐妹情深，三个人廖一与麦三相继结婚，廖一所嫁的是高干子弟，曾经清高的廖一，嫁入高干家庭，竟也变得世俗起来，那些曾经的姐妹情谊，在功利的社会中被消解掉，而黛二与廖一的距离，越拉越大。功利性和非功利的情感之间往往不能相容。廖一在功利婚姻面前，放弃了以往的非功利姐妹情谊。

铁凝小说《对面》将这种功利婚姻写得更为极端。"我"在大学时候爱上了美丽勤劳善良的同学尹金凤，这是我有生以来唯一的一次付出真感情和行动的爱，但是这个姑娘最后却仅仅用一个吻来偿还了我真诚的付出。令"我"吃惊的是，这个山村里出来的姑娘，对权力充满了占有欲，竟然嫁给了自己同学的父亲，只是因为那同学的父亲是市长。通过婚姻满足出人头地的欲望，这是一条捷径。女大学生用青春和爱情换来了自己想要的东西。赵玫的长篇小说《朗园》，也有类似的婚姻呈现。这是一部时间跨度为一个世纪的历史叙事，以朗园的主人的更换显示时间的变化。普通家庭出身的小学老师殷年轻美貌，对朗园这个象征着高贵身份的地方充满渴望，她放弃对社会价值的追求，嫁给了新朗园（1949 年后）的主人萧东方。但是，殷却没有成为朗园的真正女主人。她在朗园的地位是卑微的，这种卑微甚至影响了她与萧东方的女儿萍萍在家中的地位。婚姻满足了殷年轻的虚荣心，但是并没有给她的人生带来多少光彩，相反，自从她入住朗园以后，就再也没有了从前作为小学老师的那种尊严感。小说写出了一个普通家庭的女子通过婚姻想改变自己的身份而造成的悲剧。

以上小说所表现出的功利婚姻中，女性是功利婚姻的主动选择者，她们选择婚姻的初衷不是感情，而是男性可以满足自己的个体欲望，抑或可以提高自己的社会地位，说的更概括一点，女性是想通过婚姻获得生存资源，实现自己的社会性欲望。在这些功利婚姻中，小说作者绝口不提爱情，因为，这些婚姻的实质与爱情无关。功利婚姻和具有爱情基础的现代理想婚姻是不一致的。

男性主动选择功利婚姻的例子在女性文本中虽然不多，但是也是有的。张欣小说《一意孤行》，将军杨三虎最帅气的儿子杨志南曾经前途无量，但是在粉碎"四人帮"的时候，杨因为与"四人帮"有牵连，而举家受到了审查。杨志南当了汽车修理工，后因为交友不慎，蹲了监狱，出狱后成了一个给人拉货的司机，与旧情人尚莉莉旧情复燃。但是英俊的杨志南被富婆宋乔娅看中，在有感情的尚莉莉与有实力帮他改变命运的宋乔娅之间，杨志南没有什么犹豫地选择了富婆宋乔娅，虽然婚后二人没什么感情，但是凭借彼此达成的共识和一些共同的话题，生活还是较为稳定的。

对于功利婚姻的选择并非女性的专属。虽然说在一个男权的社会中，女性的功利性婚姻选择似乎更为多见，但是，男性对于有权力的女性的妥协是不是说明了这样一个道理，掌握资本的人，才是真正有权力的人，资本的权力强度是会超越性别的权力强度的。

第三节　婚姻秩序的恢复与重建

女作家笔下，并非没有稳定的婚姻。这些稳定的婚姻模式有时候表现出时代的特征，有时候则是作家超越时代精神的想象性建构。这种建构和想象体现了女性作家对婚恋关系的和谐美好的夙愿。考察这类作品，不但可以发现婚姻逻各斯在 1990 年代是如何转化变形的，更可以从前工业的婚姻模式中反思现代婚恋关系的问题。

一　旧式幸福婚姻

在众多的女作家中，迟子建的小说独树一帜，她的小说淡化时代精神，对于人情世故的刻画有着人类永久的意义。她生于边地，小说以一种前现代的审美精神表现着她心中的人情冷暖和地域风貌，在1990年代都市小说流行的写作潮流下，迟子建不跟风、不浮躁，坚守着自己的那片桃花源。在1990年代，迟子建写了《亲亲土豆》《白雪的墓园》《清水洗尘》等优秀的中短篇小说，重在表现温馨的家庭生活和深厚的夫妻感情。《亲亲土豆》将农民对土地的热爱和深挚的夫妻感情融合在一起。秦山是礼镇种土豆大户，只有37岁，身体出现问题，肺癌晚期；他的妻子李爱杰温柔贤惠。在妻子的强烈要求下，二人赶着牛车进哈尔滨城看病，在医院没住几天，秦山在城里给妻子买了一件蓝色的旗袍，就偷偷地回到了礼镇，侍弄起他的土地和地里的土豆。小说通过细节表现了夫妻二人的情谊，彼此顾念、相濡以沫，秦山在生命的最后时刻，已经不再考虑自己，所想的是地里的土豆以及如何给妻子更多的爱。《白雪的墓园》以一个普通家庭中孩子的视角表现父母的深厚感情。父亲刚去世，孩子们都很担心母亲因为对父亲思念而出问题。母亲一直情绪低落，眼中出现了一颗红豆，仿佛是父亲的灵魂藏在她的眼中。直到过年的时候，母亲冒着大雪看望了父亲的墓地，回来后，母亲的眼睛清澈逼人，眼中的红豆消失了。作为叙述者的孩子，在小说的最后，如此表达了父亲母亲的爱情：

> 看来父亲从他咽气的时候起就不肯一个人去山上的墓园睡觉，所以他才藏在母亲的眼睛里，直到母亲亲自把他送到住处，他才安心留在那里。他留在那里，那是母亲给予他的勇气，那是母亲给予他的安息的好天气。窗外的大雪无声而疯狂地漫卷着，我忽然明白母亲是那般地富有，她的感情积蓄将使回忆在她的余生中像炉火一样经久不息。①

---

① 迟子建：《白雪的墓园》，见迟子建《格里格海的细雨黄昏》，江苏文艺出版社，2003，第61页。

以上两篇小说都是在婚姻关系之下，且在一方去世或即将去世的情境下，显露的夫妻深情。《清水洗尘》有些不同，小说主要从一个家庭来写礼镇过年的风俗，通过风俗来写人情。特别写了父母微妙的感情，父亲要去帮蛇寡妇修盆，母亲不太高兴，父亲怕母亲的醋意，在征求母亲同意后才小心翼翼地随蛇寡妇去了，忙到很晚才回来。这中间母亲一直惦记着父亲，父亲回来后，母亲对他很是嗔怪。但是在"放水洗尘"的时候，母亲还是帮父亲搓了背，直到后来与父亲一起盆浴，二人恢复亲密关系。小说刻画了一副温馨家庭图景，亦是边地的过年风俗画，由人物的情感关系黏合成的叙事逻辑，让小说充满了宁静与和谐之感。这是农业时代的温馨与和谐，是田园牧歌般的两性生活状态。

如果说迟子建对幸福婚姻的表现是以土地为背景的，表现的是农耕环境下的婚姻温情，那么中篇小说《岭上的风》则是一篇对两性婚姻来说更有思考含量的小说。大学教师严书礼，从小被家里定了娃娃亲，妻子贺金玲是个小学文化的农村妇女，后来到学校做了清洁工。在读大学的时候，虽然有同学徐静的情谊，但是因为贺金玲的关系，严书礼还是拒绝了。严书礼读贺金玲的书信时的感受是："贺金玲的信就像一只嗡嗡叫着的蜜蜂，带给他生气又给予他烦躁，真仿佛是一个士兵听到胜利捷报传来时的复杂心情，渴望着胜利，而又对下一次战役能否幸存而心生恐惧。"[1] 但是，他终于还是坚守住了这份亲事，毕业分配后，与贺金玲结婚了。小说细致地描写了严书礼对贺金玲的情感过程，从青春时候对她的热情和身体的喜爱，到四十多岁了，贺金玲渐渐身体不好，并且健忘邋遢，严书礼并没有嫌弃她，却有点高高在上的怜悯之情。遇到棘手的问题，严书礼也会觉得妻子不能为他分担，还曾经给故友徐静写过信，徐静也给他回信了，希望能够一见，但是严书礼终于找到理由没有和徐静见面。当他终于解决了心头大事之后，便邀请自己的妻子陪他一起吹吹山风，看看月亮，在那景那情之下，他和妻子再次投入到柔情蜜意之中。

严书礼将妻子带到了那片他时常光顾的樟子松林，淡白的月光照

---

[1] 迟子建：《岭上的风》，《山花》1995 年第 9 期。

着树身，泛出暖洋洋的柠檬色。贺金玲吃惊离学校不远的地方竟有这
么一片美丽的树，严书礼不由上前拥住妻子，低下头动情地吻着她。
贺金玲躲躲闪闪地用温柔到极点的声音说：

"都让人看见了——"

"这里没人——"

"可是月亮看见了……"

"月亮又不是人……"

"嫦娥待在月亮里，她看见了……"贺金玲柔声而充满灵性的话
语使她得到的吻更加热烈和长久。①

　　小说中的严书礼是一个安贫乐道的知识分子。丈夫严书礼与妻子贺金
玲身份地位悬殊，但是他们还是维持着稳定和谐的婚姻，严书礼安于清贫
的生活，妻子则勤劳本分地维持着家庭生活。两个人虽然在精神上无法沟
通，但是毕竟能够在性别、身体和生活中，彼此互相支持着生活，这不禁
对现代社会、都市社会中的婚姻再次提出了质疑，婚姻的幸福和身份、地
位、思想，甚至和金钱都没有关系，即现代人在婚姻问题上大讲特讲的
"三观"的问题，迟子建的这篇小说，给现代人的婚姻观提出了挑战。在
迟子建的小说中，婚姻就像人类预设的一种两性秩序，在人物心中，是先
验存在的集体无意识，具有神圣信仰一样的不可撼动性，夫妻双方在秩序
中的生活，并没有如池莉笔下的"人生三部曲"里表现得那样沉重，倒是
小说夫妻之间的情感，如潜流涌动，既绵密又波澜波伏，夫妻共同的日常
生活变得既温暖又有情趣，她的小说为我们展现的就是两个人在婚姻中的
舞蹈。值得注意的是，迟子建的作品几乎都淡化了城市氛围，淡化现代性
气质的，她作品给我们展示的永远是清凉的风、淡淡的月光、温厚的土
地，还有温热的洗尘之水。现代的通信设备和交通工具在她的作品中出现
很少。这也使得她的作品在 1990 年代女性小说中呈现出独特的审美品质，
如温柔而恒久的月光，洒向人间的是满满的爱。

　　除了迟子建的小说聚焦前现代时空下的温馨的婚姻生活之外，张抗抗

---

① 迟子建：《岭上的风》，《山花》1995 年第 9 期。

对脱掉现代痕迹的两性生活，也有表现。1998年，张抗抗在《收获》杂志发表中篇小说《工作人》，小说主人公是一个农村青年梁百川，他自强和富有正义感，时而在城里打工，时而回到农村相亲结婚生子，在城乡的不断身份转换中感受不同的文明。与迟子建的不同之处，在于张抗抗让人物在城乡的对比中感受现代和前现代的差异和区别，梁百川与他的哥哥梁千军不同，他哥哥对城市有着很强的认同感，因为在城里生意做得不错，俨然一副城里人的做派，而梁百川却总是在城乡文明之间纠结和游移，这也正是"工作人"的身份认同和文化认同的尴尬之处。梁百川在家乡找到了一位贤良的妻子月儿，他每次从城里回到家中，给他最大心灵慰藉的，正是妻子对他的依恋与信赖。这种宁静而浓郁的爱，在城市题材的作品中是没有的，梁百川在乡下拥有贤淑的妻子和幸福的婚姻，在很大程度上成为他对乡村文明依恋的一个重要理由。与之对比的是梁千军的婚姻，作者用笔不多，但貌似并不和谐，大嫂很少来城里，偶然来到城里，在大哥面前胆小自卑，一副低人一等的样子。这可能也是大哥厌弃家乡的一个原因吧。张抗抗塑造的梁百川这样一个"打工仔"的形象，在某种程度上反映了她对现代文明的质疑以及对乡土文明的追怀。

二　新型婚姻关系

后现代性重要的特点便是对现代理性的追求，对具有常识性事理的反叛和疏离。在作品中的体现就是人物的婚恋关系选择具有超前意识和超常规的态度。在婚姻上，相比于男性知识分子社会地位的下降，女性知识分子的社会身份不但没有下降，反而随着性别意识、主体意识的加强，以及性观念的解放表现出超前意识和独立精神。在池莉《你以为你是谁》中，女博士静宜，认识了商人陆武桥，二人关系发展迅速，正当陆武桥憧憬着与静宜的美好生活的时候，静宜对自己的婚姻却另有所选，她认为与陆武桥一起生活，"一下午就过完了一生"，这种重复而死板的生活是她不需要的，她选择了一位加拿大的男朋友，"静宜说，我想这样安排自己的一生：在环境舒适的异国他乡，有一个终身都视我为谜的外国丈夫，同样，我也不会努力去了解他，我们至死都保持着对彼此的神秘感。但他能为我提供良好的生存条件，不为吃穿发愁；我们都不想要孩子，这世界上的人口已经太多！我们都醉心于自己的专业工作。我要争取完成三到四个科研上的尖端项目，为人类造福。我要一天二十四小时在实验室工作。当有了阶段性的成果我就外出旅游一段时间，去世界上每一个有趣的地方。"①

　　静宜将陆武桥遗弃，选择一位外籍的丈夫，思想显然已经超越了 1990 年代中国社会的进程，具有一种后现代意识，陆武桥被女知识分子静宜遗弃，情感上受到重创。这是池莉在 1990 年代关注男性生活的作品之一。陆武桥这个男性代表了现代意义上男人的正面形象：责任、正义、坚韧，甚至成功。但是，作者让一个知识女性抛弃了这样一个具有传统正面意义的人物，其女性立场和后现代精神是显而易见的，带着一种对男性的嘲讽。

　　彭小莲现在是一名电影人，数年前，她也写过小说，1997 年《收获》发表了一篇她的小说《一滴羊屎》。② 这是一篇颇具解构精神的作品，小说塑造了一位中国男青年"羊屎"。男青年羊屎在 1980 年代，以一副颓废艺术青年的做派钓到了一个美国洋妞"灰绿眼睛"，二人在中国结婚，然后随妻子去了美国，但是羊屎"厚脸皮，不要尊严的生活"的德行，在美国很不受欢迎，美国妻子忽然发现自己竟然带来了一个"废物"，便与羊屎离婚。之后的中国青年羊屎寄居在一对中国夫妇家中，不但没钱给房租，而且蹭吃蹭喝，中国夫妇被迫给他找了一份手工作坊的工作，但是，因为出资者之间闹矛盾，工人工资扣发。作坊的人合计之后，决定推荐羊屎去见老板——一个留美的中国女博士——一个将军的女儿，但因为长相比较粗犷一些，且又是个博士，总是不能获得男性的爱情。羊屎在大家的戏谑和期待之下，去找这位女老板谈工资的事情，当手工作坊的工友们急切地等待羊屎的回音时候，却意外地等到了东家——女博士的回复。原来，羊屎真的做了这个被男人们戏称为"骡子"的女博士的情人。小说重点是塑造羊屎这个惯于吃软饭的中国男青年形象。从整体来讲，作者连同小说中的"正常"男人们，都对这样的一个男人持讥讽和鄙视的态度。但是，小说的结局却是平衡的人物关系：女博士回国创业，羊屎从此跟在了女人身边，成了她的帮手。小说的最后，所有关注羊屎命运的人，对女博士和羊

---

① 池莉：《你以为你是谁》，江苏文艺出版社，2007，第 72 页。
② 彭小莲：《一滴羊屎》，《收获》1997 年第 4 期。

屎都已经无话可说。就一般读者而言，对羊屎这样缺少尊严感和男性气概的男人，是持鄙视态度的，而对被男人们称为"骡子"的女博士非要降低身价找男人，也是不太理解的，但是，作为一种突破常规的男女搭配，谁又能阻止当事人双方的意愿呢，这种两性间组合的"民主态度"，也许正是吉登斯对未来两性之间"纯粹关系"的美好设想。随着女性社会能力的提高，女强人+男帮手成为一个比较稳定的组合模式，因为这种模式颠覆了传统的男主外女主内的两性搭配模式，所以，这种写法刚出现的时候，多少会被"正常的人们"所不理解。其实在 1990 年代的其他女性作品中，这种男女之间的纯粹关系也屡见不鲜。比如赵玫的小说《朗园》，朗园里身份特殊的女主人之一萍萍，凭借自己美丽的相貌和身体，获得了"大阳房地产开发公司"经理的位置，她是一个缺乏头脑的女经理，没有经济实力，但是颇有管理才干的男手下极为得力，二人在合作中建立了伙伴关系，并决定走入婚姻。当然，赵玫在这个作品中，对萍萍与男手下的结合，并没有从身份高低和传统男尊女卑观念上去显示态度，更多的是从萍萍身为经理，但是无论是在家庭中，还是在工作中，都需要从一个真实关心她的男人的帮助的角度，写了二人的默契关系。之前我们提到，张欣的小说《一意孤行》中，长途司机与富婆宋乔娅的平稳结合，也是这样的，二人也是在工作中，渐渐找到了话题，并使婚姻稳定下来。徐坤有一个很温馨的短篇小说《爱之路》，写了一个"三高"（学历高、地位高、年龄高）女人赵理惠曲折的婚姻之路。赵理惠离婚后，过了两年独身生活，遭遇了两次"烂桃花"，被成功儒雅的男人欺骗，患上了轻微的"厌男症"，变得越来越"独"。因为驾驶技术不好，经常去离住处不远的汽修厂修车，汽修厂厂长看上了这个貌似强大，实则胆小的女人，并暗中打探她的个人情况，修车时表现出对赵理惠的特别关注。渐渐的二人熟稔起来，直到结婚并一起生活。赵理惠最后选择丈夫的标准是爱，而没有考虑所谓男性的身份地位等外在条件。实际上，对于赵理惠这种独立的三高女人，一份稳定的爱比男人的成功更重要。

吉登斯在《亲密关系的变革》中，把未来婚恋关系设想为一种"纯粹关系"，他这样理解这种变革的关系："纯粹关系意味着个人关系领域的大规模的民主化，其方式完全可同公共领域的民主相提并论。还有更深一层的含义，亲密关系的变革可能对作为一个整体的现代体制有着颠覆性的影响，因为在其中感情满足取代了最大化的经济增长的社会世界，及其不同于我们眼前所知晓的世界，对性产生影响的这些变化是真正的革命性的，且方式深刻。"① 在上述女性作品书写的婚姻关系中，便体现出男女相处的民主化倾向，并且，男女双方的交往是以情感满足为纽带，至于外在的社会因素，如家庭门第、经济地位等因素，都不在考虑之列，因此，这样的一种变革是深刻的，也必将在一定程度上拯救现代社会中婚恋关系的不和谐、不稳定。

---

① 安东尼·吉登斯：《亲密关系的变革——现代社会中的性、爱和爱欲》，陈永国、汪安民等译，社会科学文献出版社，2001，第 3 页。

第二章

爱情：人文主义者的理想家园

1993 年的那次人文精神的讨论，实际上是知识分子的理想精神与世俗精神的一次交锋。虽然在此之后，世俗文化占据了上风，但是知识分子坚守的理想情怀和人本精神并没有因此消失，它只是从中心话语的地位退居到边缘。这股话语力量在 1990 年代小说婚恋关系上的集中呈现，就是小说人物对爱情理想的坚守。1990 年代的女性小说记录了人文精神和理想情怀是怎样被世俗精神所取代的过程，表现在婚恋关系上，就是爱情与婚姻的错位。象征理想精神和人文精神的爱情总是被象征世俗精神的婚姻所打败，或者可以这么说，婚姻和爱情往往不一致，婚姻向世俗妥协，爱情却是可望而不可即。这正是知识分子的命运，也是理想主义和人文精神遭受重创的命运。爱情这一人类最美好的情感，虽然时常在作品中出现，但是往往转瞬即逝，不能长久，这正体现了所谓的"90 年代性"。

第一节　爱情的人文光晕

一　爱情书写的向度

究竟何为爱情，这真是一个古老又新鲜的话题。哲学家对于爱情的态度，各不相同。叔本华把爱情更多地理解为精神本源的下放或流溢，而这种精神表现在外的是一种懵懂感，它的内在却是生硬的欲望精神（或者叫生命意志、繁衍的前定意志）。克尔凯郭尔把爱视为主体体验的最高阶段，他将生命分为三个阶段，每个阶段爱的呈现方式各不相同。第一个阶段是美学阶段，爱是一种享乐主义的呈现方式；第二个阶段是伦理阶段，爱变成一种严肃而庄重的体验，基本上是通过婚姻的方式呈现；第三个阶段是宗教阶段，在这个阶段，爱继续通过婚姻的方式转化成一种本真的使命，既借助爱的经验，自我回到根源，也回到神那里。

另有一种相对中庸点的观点，是基于人文主义和理想主义精神的爱情观，这种爱情观发生于现代社会，是现代性知识体系的重要组成部分，人文主义爱情观肯定个体人的自我价值，强调男女双方在精神追求和生活各方面的彼此认同和共情。

中国 "80 年代" 爱情书写是对 1930 年代一直延续到 1970 年代末的 "革命+爱情" 叙事的反拨，在 40 年的时间里，爱情永远和家国情怀紧密相连。孟悦在解读新中国成立后的婚恋叙事时，以女性主义的立场评价道："政府的政治话语通过女人将自身转译成欲望、爱情、婚姻、离婚、家庭关系等私人语境，它通过限定和压抑性本质、自我以及所有的个人情感，使女人变成了一个政治化的欲望、爱情和家庭的代理人。"[1] 这段话虽然有些性别的偏激，但是说明了这一时期爱情与政治话语紧密相连。人文主义的爱情观实际上是中国社会 1980 年代精英文化的主流话语之一，它 "直接而超载负荷着理想主义、启蒙主义、人道主义的话语，负载着拯救于彼岸图景"[2]。1980 年代初的小说对爱情的诠释，最突出的作品当属张洁的《爱是不能忘记的》，钟雨和老干部在精神上相恋多年，彼此心灵的认同已经达到了极致，钟雨对老干部送给她的《契诃夫全集》至死珍藏，可见二人的精神契合度之高。这个作品的重点不在于表现二人的柏拉图之恋的纯洁性，而在于钟雨和老干部的爱情所折射出的理想之光和人文精神，当这种爱情与老干部无爱的婚姻相对比的时候，爱情本身的人道主义精神和人文关怀便显现出来了。而这一时期的大部分文学作品在表现爱情时，是把爱情与性结合在一起的，比如张弦最早的作品《被爱情遗忘的角落》，写生产队的一对男女，在生产中，彼此产生了情欲，并发生了身体行为，但是这种男女行为却遭到了从官方到民间的谴责。这个作品的重点

---

[1] 孟悦：《性别表象与民族神话》，《二十一世纪》1991 年第 4 期。
[2] 戴锦华：《池莉：神圣的烦恼人生》，《文学评论》1995 年第 11 期。

不在于写男女之间的情欲，而在于张弦从人道主义的角度思考两性问题，对"文革"时期的禁欲主义提出质疑和批评。他把男女主人公的情欲行为定位成"爱情"，这与张洁的精神之恋形成鲜明对比，虽然这两个作品显现出男性和女性看爱情问题并不一致的地方，但有一点是共同的，就是在人道主义的视域中写爱情。1980年代中后期，王安忆的小说"三恋"——《小城之恋》《荒山之恋》《锦绣谷之恋》再次将爱情发展到一个极端，爱情被书写成基于性欲之上的想象性的建构，性成为爱情的本质，王安忆的"三恋"同张贤亮的《男人的一半是女人》共同开启了中国的性启蒙话语，使得多年的性禁忌被打破。从总体上来看，1980年代语境下的爱情书写，是最具有启蒙精神的话语之一，它意在打破政治一体化以来的禁欲主义和政治意识形态对人性的掩盖和压抑，洋溢着人道主义的精神，并因为知识分子的价值立场而带着强烈的理想主义之光。进入1990年代，时代语境发生了重大变化，物质消费主义和经济实用主义与爱情的理想精神和人文精神发生了重大冲突，女作家依然赋予爱情以美好和理想主义的光芒。小说人物特别是女性人物因为对爱情的执着，而构成了对婚姻的反叛和疏离，这正体现着女性主义的思想理念，对现代性的批判，对常态的疏离，对实用主义价值观的解构。

英国当代著名社会学家安东尼·吉登斯在《亲密关系的变革》一书中将现代社会中的爱情分为"浪漫之爱"和"激情之爱"。按照吉登斯的观点: "浪漫之爱把一种叙事观念入个体生命之中——这种叙事观念是一种套式，从根本上延伸了崇高爱情的反射性。"① 也就是说，两性通过浪漫之爱，寻求一种长久的亲密关系相处模式，并将这种关系与"崇高之爱"相联系。在吉登斯看来，这种爱在性别上表现出一种不平等性，"浪漫之爱从根本上是一种女性化的爱"，这种爱为两性的长期生活提供轨道，指向希望之中但又切实可行的未来; 它创造一种"共享的历史"，帮助把婚姻关系与家庭结构的其他方面区别开来，使婚姻关系具有特殊的"首要地位"。浪漫之爱指向长久的亲密关系的建设，是现代婚姻关系存在的情感基础和黏合剂。女性在建立亲密关系时，更依赖于浪漫之爱的引导。

---

① 安东尼·吉登斯:《亲密关系的变革——现代社会的性、爱与爱欲》，陈永国、汪安民等译，社会科学文献出版社，2001，第53页。

与浪漫之爱相对的是激情之爱。吉登斯认为，激情之爱是和"性"具有依恋关系的一种"急切的渴望"，这种渴望"极力要求从那种容易与激情之爱产生冲突的日常生活俗务中分离出来"，激情之爱"存在于宗教迷狂中的魔性"。因为激情之爱的反常性和世俗性特征，"都不曾被视为婚姻的充分必要条件"，往往"被视为对婚姻的难以救药的损害"①。

当然，这两种爱有时是互相融合一体的：在浪漫爱情中，典型的激情之爱导致的对他人的极端迷恋，经过整合而形成了富有个性的对亲密关系的"追求探索"。这种追求探索"是一次长途漂泊的旅程，自我认同期待从他人的发现中得到效用的确认"②。也就是说，浪漫之爱因其指向未来，会弱化或者稀释掉激情之爱的非常规性，并在亲密关系中实现双方的相互认同，从而有利于亲密关系的长久建立。

吉登斯区分出浪漫之爱与激情之爱的不同，目的在于区别二者与长久亲密关系建立之间的不同价值。他认为爱如果指向婚姻，需要有一个更为重要的因素，那就是必须有"崇高之爱"的引导，这个崇高之爱显然不是两情相悦这么简单，而是将感情和道德理性联系在一起。从这个角度来说，吉登斯的爱情论彰显出人文之光。

二 浪漫之爱

葛红兵说："'浪漫爱'是上个世纪初'五四'新文化运动的产物，它以男女双方感情的契合为目标，追求情感上的高峰体验，生活责任和道德义务反在其次，有时候这种爱甚至不以结婚为目标。"③ 他举例冯沅君小说《旅行》里的故事，一个女孩为了纯洁的精神之爱和一个男孩私奔，二人虽共处一室，但除了牵手没有其他身体行为，这就是一种浪漫之爱。罗素认为，西方社会早在中世纪以前，也就是在前现代社会，就已经产生浪漫之爱，那时候，爱不指向性，多是一个男人对一个极有尊严的女人的痴

---

① 安东尼·吉登斯：《亲密关系的变革——现代社会的性、爱与爱欲》，第 50~51 页。
② 安东尼·吉登斯：《亲密关系的变革——现代社会的性、爱与爱欲》，第 61 页。
③ 葛红兵：《原始爱、家族爱、浪漫爱、快感爱》，选自《街边的主题》，见 http：//blog. sina. com. cn/s/blog_ 473d280c010004vr. html，2006. 11. 5。

情。情诗是浪漫之爱的表达方式之一。[①] 如果按照罗素对浪漫之爱的理解，在中国，"浪漫之爱"的历史更加悠久，中国古代的爱情诗歌是如此繁多，如《蒹葭》这样古老的诗歌，也应该算是一种带着理想情怀的浪漫之爱。

当然，古代的浪漫与现代的浪漫是不同的，古代的浪漫之爱，总结起来有两个特点：一个是爱情的忠贞性；二是爱情的精神性。舒婷的诗歌《神女峰》最后一句："与其在悬崖上展览千年，不如在爱人肩头痛哭一晚。"实际上已经区别了前现代社会中的浪漫爱情和现代爱情的不同：古典爱情是坚贞的，矢志一人的，女子站在悬崖上遥盼良人的归来，直到变成石头，正体现着爱情的忠贞；现代爱情追求现世的幸福感和享乐精神，不指向唯一的那个人，不必为哪个人守忠贞。应该说，1980 年代是一个对现代性充满乐观态度和信念的年代，舒婷的诗歌就代表了那个时代的女性爱情观。但是，1990 年代，发生了一些变化，在文学中的表现就是有一股回归传统的潮流，《废都》里庄之蝶表现出古代士大夫的趣味倾向；余秋雨的大文化散文也表达着对中国古代文化的向往和追怀。在女性作家中，也有这样的一类小说作品，比如女作家须兰和蒋韵，写了不少历史题材的作品，特别是蒋韵，笔下描绘了不少凄美的古典爱情。除此之外，很多作家也在现代和历史，或城市和乡村的对比中，表达对现代性的质疑，在爱情的问题上亦是表现出这种态度。

池莉 1995 年发表的小说《让梦穿越你的心》写的是现代年轻人在一个没有"祛魅"的前现代环境中邂逅的一段美好的爱情，而在现代青年圈子里却不能获得真爱，通过文化环境的反差和对比，来反思现代人的精神和爱情观。一群城市青年来康巴藏区旅游探险，小说叙事者"我"叫康珠，是其中的一个女孩，深感生活的无聊："我没有仗可打，我没有知青可当，我没有大学可读，我没有工作可做，我陷落在我的苍白的历史阶段之中。"[②] 因为无聊和不信任，这些男女青年彼此之间玩着情感的游戏。康珠前任男友李晓非与一起旅游的姑娘兰叶暧昧，康珠不胜其辱，转而和画家牟林森好上了。旅游中途康珠生病，现任男友牟林森以画画采风为由不

---

① 罗素：《婚姻革命》，东方出版社，1988，第 46 页。
② 池莉：《让梦穿越你的心》，选自《池莉小说精选》，长江文艺出版社，2003，第 3 页。

顾康珠的病情，把她遗弃在镇上，康珠以虚弱的身体独自面对陌生的藏区，意外地邂逅了健壮、质朴的康巴汉子加木措，加木措以他藏族人虔诚的信仰和对康珠的真情，竟然"叩一夜等身长头"，为康珠治好了病，这一行为令康珠深为感动，"我"对加木措产生了依恋，但又深知与加木措生活环境没有交集。朋友们旅行探险回来后，牟林森对自己不负责任的行为向康珠道歉，此时的康珠在经历了与加木措的相处之后，心里已经发生了变化，开始拿他们这群现代青年与加木措相比较："我心里头又泛起一浪覆盖一浪的苍凉。是不是终须有个信仰我们才能守承诺忠信用，才能保证自己信赖他人呢？"必须离开藏区，"我"没有向加木措告别，心中充满了不舍，正在"我"准备上飞机的时候，加木措骑着骏马从远方向"我"奔来，并把"我"扶上他的马背，带我狂奔出机场。这情景如同一个远古的英雄掠走自己心爱的女人。所有的人都为这一幕感动，"我"在这刻也如在梦中，恍然惚然，沉醉其中。加木措对待康珠的一往情深和浪漫情怀是现代年轻人所不能给予的。这篇小说以缅怀和憧憬之心表达着现代女孩对未受现代文明影响的浪漫爱情的向往和追慕，同时也反思了现代性带给年轻人的问题，这种反思是深刻的，"我"的心理说明了这个问题：

> 咱们这算什么事呀？1980 年之前，在我们新中国建国三十一年的时间里，我们所有的电影里连一个接吻的镜头都没有。现在才过去了十四年，我们这一代人一下子跨越了整个社会主义社会，完全和资本主义社会玩世的青年一样了，人与人的关系如此随便和赤裸裸，真没多大意思。①

池莉的这个作品是一篇集中思考现代性为年轻一代造成的信任危机和情感危机的作品，作品没有全盘接受传统文明，也没有全盘否定现代性，只是，在婚恋关系的对比中，作者借康珠的经历追怀不复存在的浪漫爱情。小说对现代社会中的男女带着批判精神，池莉写出了他们的自私、缺少爱的能力。这确实是一种时代病。铁凝的小说《对面》也是在思考当代

---

① 池莉：《让梦穿越你的心》，第 5 页。

年轻人所缺少的"爱的能力"，因为性观念的开放，现代的年轻人只能在性快感中去建立快餐式的交往模式。"我"和肖禾之间，和旅途中的陌生女孩之间的"一夜情"，只是性关系，而这种单纯的性关系竟然使我们充满了仇恨和愤怒，而那发自内心的因爱产生的善、关爱、责任却是没有的。池莉的《让梦穿越你的心》是借助一个生活在藏区的大男孩的行为举动，表达出具有传统情怀的男人的品质和爱的能力，从宗教信仰中寻找治疗现代青年"爱无能"症状的药方，而铁凝的《对面》则是以年轻人看到劳动的力量由此唤起的人类最质朴和谦卑的心，以此来化解年轻人因为"爱的缺失"而造成的问题，后者似乎在学习浮士德。徐小斌的短篇《天籁》与上两篇小说有异曲同工之处，同是关注现代文明弊端对浪漫爱情带来污染的作品。岁岁是松岩这个淳朴的地方最美的姑娘，她歌声甜美，是寨子里的"花儿皇后"。她性情天然本真，又是个情种，以真挚热烈的感情爱上了都市男青年田力，岁岁对田力的爱是纯真热情的，深受现代文明熏染的田力终于被岁岁的热情唤醒了被工具理性压抑的真爱。但是他们的关系却遭到了岁岁母亲的反对，这令两个年轻人很伤心。当岁岁听说母亲为了让她把歌唱好，在她小时候故意弄瞎她的眼睛，她终于无法抑制住悲伤而消失了。一个天然本真的姑娘，在母亲功利心和现代文明的包装之下，定然会失去本真，丧失天性。这个作品的深意在于作家反思工具理性对浪漫之爱和纯真人性的戕害。

张欣这一时期也写了很多反映爱情和婚恋的小说，其作品中，多赋予她喜爱的女主人公一种对爱情忠贞的浪漫情怀，用她自己的话说，就是"在写作中总难舍弃最后一点点温馨，最后一点点浪漫"①。在小说《一意孤行》中，于冰在工作上是一个拼命三郎，一副女强人的样子，但是在感情问题上，她却是极其内敛和浪漫的，她跟萧沧华工作多年，一直暗恋着这位意志坚定而又有点男性虚荣的上司。直到离开，她都没有表达自己的这份精神之爱，于冰留给萧沧华的是悠远而挥之不去的思念。作家张欣很显然对于这种古典之爱给予了某种理想主义的因子。她的另一部作品《致命的邂逅》里的女性徐寒池和章迈之间的爱情，写得凄美而浪漫。章迈对

---

① 张欣：《深陷红尘，重拾浪漫》，《小说月报》1995年第5期。

出身寒微的徐寒池真挚热烈的爱，徐寒池对蹲监狱的章迈耐心的等候，以及多年之后，为了个人的前途不得不放弃对徐寒池的念念不忘，不惜离婚想重拾旧爱。虽然他们的感情中间被世俗和功利的因素隔断，但是彼此的认同和心灵默契最终坚守了下来。张欣《纯真依旧》里的女编剧赵亚超这个人物也带着理想主义色彩，她对待前夫于达的爱，是润物细无声的，是舍身的，更是不求回报的，甚至带着些不食人间烟火的气息，使得于达对她念念不忘，这样纯真无私的爱，在现代工具理性观念泛滥的环境下很难看到。在 1990 年代的整体环境下，张欣的这个作品带着不合时宜的浪漫气息，在欲望丛生的文坛和社会中，高唱"爱"的赞歌，也表达着这个时期的女作家思想和价值观的多元性。

吉登斯认为"浪漫之爱"是这样的："浪漫之爱是把一种叙事观念导入个体生命之中——这种叙事观念是一种套式，从根本上延伸了崇高爱情的反射性。"[1] 同时，他认为，"浪漫之爱借助激情之爱形成一束与超验性一致的特殊信念和理想。这种浪漫之爱会导致两种意义上的投射：一方面紧紧依恋着他人并把他人理想化；而另一方面又投射出未来发展的路"。[2] 可见，爱情与人的理想信念是连在一起的，所以爱情总带着理想主义精神。浪漫之爱除了具有理想性的特征之外，它还可以在男女双方相互的投射中实现个体对自我的认同，就是从对方身上启迪和确认自我价值，用吉登斯的话说，就是"浪漫之爱依存于投射性认同"，"自我认同期待从他人的发现中得到效用的确认"。[3] 吉登斯认为浪漫之爱是和两性之间长久稳定的关系联系在一起的，它虽然不一定以婚姻为形式，但它是把两性亲密关系指向未来的黏合物。日常生活和生存法则对婚姻关系的黏合是相反的，从这个角度来说，浪漫爱情乃是对平庸现实的一种超越，是人类具有自我救赎意义的人文精神的体现。在 1990 年代，作家通过对浪漫爱情的书写表达的是在经济实用主义和大众消费主义话语围困下的一点知识分子的理想情怀和超越精神。这种不灭的理想情怀不但在女性作家的文本中有体现，

---

① 安东尼·吉登斯：《亲密关系的变革——现代社会的性、爱和爱欲》，陈永国，汪安民等译，社会科学文献出版社，2001，第 53 页。
② 安东尼·吉登斯：《亲密关系的变革——现代社会的性、爱和爱欲》，第 60 页。
③ 安东尼·吉登斯：《亲密关系的变革——现代社会的性、爱和爱欲》，第 61 页。

在男性作家的文本中，也有体现，如北村、张炜和张承志的作品。当时这一话语虽然已经退居边缘，但是，如今再回望这类文学作品，会发现这些作品在1990年代纷乱复杂的文学阵容中，最能显现出文学之为文学的尊严和纯正，它们的独立品格捍卫了文学之为"人学"的特性，这类作品的文学价值和思想价值也将随着文学史的前进日益显现出来。

三　激情之爱

"激情之爱"，是相对于"浪漫之爱"的另一类型的爱，这种爱是建立在性吸引和性关系之上的两性之间强烈的认同感和彼此需要的强烈渴望，是基于性欲的想象性建构。浪漫之爱注重灵魂上的契合与认同，而激情之爱则更偏重肉体上的彼此吸引，因此，激情之爱和情欲满足有重合之处。但是，激情之爱和单纯的性关系是不同的，按照拉康对"性关系"的理解，他认为"性"行为是没有关系一说的，单纯性行为本身是一种自恋式的，指向自身，性不能使两个人关系亲密，而是让两个人分离，只有两人有爱的存在，才可以使两个人紧密联系在一起。[①] 所以，激情之爱中必有"爱"的存在，因为只有这样，主体才可以超越自我，进入"他者的存在"，从而形成"你在我的航程上，我在你的视线里"的精神交融。激情之爱若从价值论的角度来看，它一方面体现出爱情的美好性，灵肉合一的激情之爱是人类带着理想之光的爱情终极追求之一；另一方面，激情之爱因为自身的强大的非理性力量，会对秩序和伦理造成强大的冲击，因此它对于两性之间的稳定，特别是对于婚姻这种理性的婚恋关系形式，往往具有一定的破坏作用。所以，吉登斯说："激情之爱都不曾被视为婚姻的充分必要条件，相反，在大多数文化中，它都被视为对婚姻的难以救药的损害。"[②] 吉登斯甚至引用著名人类学家马林诺夫斯基关于爱的一段论述来证明自己的观点："爱是一种激情，这无论是对马来西亚人还是欧洲人而言都是一样的；它或多或少都会使身心备受摧残；它导致许多困局，引发许

---

① 转自阿兰·巴迪欧《爱的多重奏》，邓刚译，华东师范大学出版社，2012，第50页。
② 安东尼·吉登斯：《亲密关系的变革——现代社会中的性、爱和爱欲》，第51页。

多丑闻，甚至酿成许多悲剧；它很少照亮生命，开拓心灵，使精神洋溢快乐。"① 这种来自社会学的结论，被 1990 年代的女性文学作品所证实。1990 年代是一个全面开放的年代，价值趋向相对自由，特别是 1990 年代中后期，在思想文化领域，新生力量以一种漠视的态度，表现出对非理性的热爱，而激情之爱正是他们用来对抗理性的有力武器。所以，灵肉合一的爱情是美好的，但是它又是不易驯服的非理性，以不遵守秩序为特征，这也决定了它是转瞬即逝的，在这一点上，它和浪漫之爱似乎有着同样的命运。

1990 年代 "个人化" 写作成为一个引人注目的类型，这种趋势既发生在男性作家中间也发生在女性作家中间，相对而言，女性因为更注重个体感受，所以 "个人化" 或 "私人化" 写作对她们来说更得心应手，这方面的代表性女作家有陈染、林白、海男、徐小斌等。陈染的作品对于性的描写是大胆又迷人的，她的小说《私人生活》《与往事干杯》等作品里都有两性身体层面交往的美好。其美好之处莫过于这些身体行为都带着浓浓的爱意。《私人生活》是一部女性身体成长史，"我" 大三的时候认识了诗社大男孩尹楠，二人因为文学和思想上的共鸣，获得彼此的认同，当然，"我" 对尹楠的渐渐好感，更来自这个男孩优雅英俊的外表和举手投足表现出来的 "脱俗内在的清逸与帅气"。进而两个人开始了交往，在一次开车的郊游中，"我" 与尹楠有了一些身体的交流，这种交流是愉快又羞涩含蓄的。而我跟尹楠的真正的一次，也是最深刻的一次，是尹楠马上要离开祖国远去欧洲之前，在这次身体交往中，"我" 成了一个性的引领者，他则变成了一个 "生病的乖男孩儿，不知所措"。小说细致地描写了这次以爱引领的身体交合行为的美妙和激动。之后，叙述者 "我" 表达着对这次身体交融的怀念，认为她跟尹楠在即将分别之际的相互身体的给予是 "人类关系中最为动人的结束"。需要说明的是，叙述者看到飞机起飞，她忽然发现 "那个人不是尹楠，那个大鸟一样翱翔的人原来是我自己！" "地面上真实的我，手握牵线，系放着天空上一模一样的另一个我……"② 这

---

① 转引自安东尼·吉登斯：《亲密关系的变革——现代社会中的性、爱和爱欲》，第 50 页。
② 陈染：《与往事干杯》，载《无处告别——陈染中篇小说精品》，作家出版社，2009，第 67 页。

是什么意思呢？尹楠走了，但是"我"觉得那个人不是尹楠，是我，因为尹楠的精神气质和灵魂，跟我一致，才使我们之间有强烈的认同感，并产生爱情。爱情的产生也许就是这样，是一种通过身体感觉到的内在精神默契与认同。这也是作家陈染最为认同的一种婚恋关系。

在《与往事干杯》中，短暂而美好的灵肉结合，再次被书写。这里面有两个原型。一个是"父女之恋"，即弗洛伊德所说的"厄勒克特拉情结"。肖濛与男邻居就是这种关系，在这二人的婚恋关系中，男邻居是一个爱的施予者，肖濛要求并享受着男邻居父亲般的深厚之爱。二人有着不彻底的身体关系，男邻居的爱里有着对女孩身体完整性保护。如叙述者所说，如果两个人能够结婚，二人的婚姻应该是"宁和"的。但是这种"宁和"终于没有实现，他们相逢的时间是错误的，二人也不可能打破时代给予他们的世俗道德枷锁，追求婚姻。这又是陈染小说中一个典型的"父女"原型模式的婚恋关系。第二个是"母子之恋"，被弗洛伊德称为"俄狄浦斯情结"。五年后，"我"（肖濛）大学毕业了，在北戴河一个咖啡馆里，"我"与男孩老巴相遇，一个具有中国血统的澳大利亚男孩，有着东方人喜欢的英俊外表，比"我"小四岁的羞涩男孩。在这个暑假里，"我"让老巴在我身上找到了"故乡"。之后是三年的分别，两个人进行书信交往，柏拉图爱情。终于，三年后我乘飞机去了澳大利亚，来到巴斯海峡，见到了老巴，对他充满爱恋：

> 我多么喜欢眼前这痴痴的少年般的羞怯之态啊，这情态就是我愿意为他付出身体和怜爱的全部动力，这情态就是调动起我周身欲望和恋情的全部源泉，这情态就是使我产生情欲之外的感情的全部缘由。①

这个少年的不成熟和纯真是让"我"爱恋他的一个原因，也是一个性成熟女性对一个未成熟男性的性启蒙和爱怜。当两个人达到灵与肉的真正结合程度，感受到了爱情的美妙，这场爱情之旅意外地被一个原始的伦理问题横腰斩断。因为，"我"从老巴儿时的照片中看到老巴正是男邻居很

---

① 陈染：《与往事干杯》，第 53 页。

小的时候就遗失的儿子。而我，竟然同时与父子二人相恋相爱。这个"乱伦"的问题折磨着"我"，使"我"决意离开老巴。"我"回到北京没多久，意外收到老巴祖父的信件，得知在"我"离开墨尔本机场的时候，老巴因为悲痛而出车祸身亡。这使"我"躲在了过往的岁月中，成了一个没有现在感的人，在渴望孤独和躲避孤独中煎熬着。

这两类爱情关系是陈染小说的两个原型模式，也是具有精神分析学意义的两性关系模式。更重要的是，这部作品其实是在讨论现代两性伦理问题，女主人公肖濛生活在一个现代社会，她身上有着现代女性的特质，比如对待性的开放态度，小说写性爱时，完全抹去了东方女性的羞涩甚至负罪感，而是带着性享受和身体的主动性。但是作者并没有突破传统儒家伦理给女人定下的规范：女人不可与父子两个同时产生感情，即女人"不可侍身父子二人"；另外，男邻居深爱着肖濛和她的身体，但是始终克制，没有突破肖濛最后的身体防线，这个具有贞操意识的男人，作者对他的态度是怜悯甚至欣赏的。可见在现代社会，小说主人公并没有完全冲破传统伦理，追寻个人的幸福，迈进婚姻。而这个选择也造成了老巴生命的结束。小说最后表达出自己要与往事干杯的时候，也表明，这个耽于幻想而没有生活勇气的现代人要重新生活了。

张抗抗在 1990 年代解构经典爱情的写作大潮中，是为数不多的相信爱情的一位。她的小说《情爱画廊》企图把爱情的美好延续为一种长久的生活状态，但是颇显艰难。小说从一位画家对苏州美女的一见钟情开始。画家周由自从在苏州给已婚美妇水虹画完肖像以后，就陷入了对她的无限思念之中。水虹被周由的爱深深感动，不惜放弃幸福的家庭生活，选择北上，追随画家周由。二人在周由住处完成了身、心、灵的交融。小说不但细致地描写了二人灵肉相融的美妙时光，更是以画家视角渲染了水虹尽乎完美的胴体。为了能和周由长相思守，水虹回到苏州与丈夫离婚，面对神情淡定坦然的妻子，丈夫老吴却面带愧色，原来，老吴在水虹走后，为了报复妻子的背叛行为，与苏州的一个小市民姑娘发生了性行为。再次相见，夫妻二人心态截然不同，因为水虹是基于爱情的人生选择，而老吴的出轨行为和爱无关，却是恨的结果，小说就是以爱为依据，宣判了这对夫妻出轨行为的合理性和不合理性。激情之爱会给当事人无限的勇气冲破世俗伦理的羁绊，但是激情之爱并不是维系长久的亲密关系的充分条件。水虹和周由生活在一起之后，悲剧接踵而至。先是水虹要和自己心爱的女儿水霓生生地分离，更要命的是她发现女儿水霓竟然和她爱着同一个人，那就是画家周由，这对一个母亲来说，是痛苦又尴尬的。继而，前夫家中发生变故，遭盗，另娶的姑娘被害，一直对水虹很好的公公也离世。除此之外，水虹还要面对周由的前女友对爱人的引诱，承受着他们的亲密关系随时有可能翻船的危险。这些人生困境，可能就是坚持爱情至上的人需要付出的代价。小说推崇美对世俗理性的超越意义，就这一点来说，在 1990 年代的女性书写中，颇显清新脱俗，闪烁着人文之光。

《桃花灿烂》是方方 1990 年代早期的重要作品，小说很好地诠释了激情之爱的美好和破坏性。高大英俊的粞没有读过大学，却爱上了家庭条件相对优越，且有文化的女孩星子。但是一次粞偶然听到星子和女友的聊天，不承认粞是她的男朋友，这伤到了粞的自尊，粞一面保持着与星子的朋友关系，一面与一个妖艳的普通女人水香交往，二人多次发生性关系。简单愚蠢的水香把他们交往的细节都向星子说了。深爱粞的星子受到了很深的心灵伤害。从此以后，她对粞的态度就成了"情感上无限的依赖，而理智上却是深深的排斥"。粞跟水香分手后，继续和星子保持联系，但是总是若即若离的，二人都是痛彻心扉，因为爱得太深，所以伤害很大。在多年的无果等待中，粞听从父亲的劝导："记住，不要心系一个女人。关了灯，女人都一样，而男人最需要的是关灯后的女人，别的都无所谓。"[1] 于是，他出于功利目的，娶了上司的妹妹沈小妹。而此时的星子考上了大学，年轻英俊的空军亦文开始追求星子，青春本能让她和空军亦文发生了性行为，在家庭的撮合下，星子接受了亦文。

星子与粞的爱情故事并没有结束，星子终于没有原谅粞，但当星子得知粞得了肝癌，即将离世的时候，她还是去探望了粞。而在最后的时刻，这对一直延续着精神之恋的情人终于达到身体和爱的融合，那一刻是美好的。

---

[1]　方方：《桃花灿烂》，百花文艺出版社，1996，第 298 页。

栖和星子渐渐互相探索。如火的桃花在星子的脑海中为一片空白所替代。星子觉得栖给她的是一种前所未有的感觉，在那短短的时间里，她仿佛一出生便失去的那一部分生命又重新回到她身上。它的回归，竟使生命那么的美丽动人，那么的充实饱满。一切颓唐消沉，失望，痛苦，在那时全都烟消云散。星子不觉感叹了一声："人生多么的好呵。"

栖说："是呀，真好。我一生都没有这样的感觉。好像我的生命回到了自己的老家，被包围在无限的温软无限的亲情之中。"

星子惊异地看着他。星子想。他居然和我想得一样。是否他正是我生命中的另一半？否则我们怎么这样容易相通，这样难以割舍？①

小说最后栖死于肝癌，并且让星子怀上了栖的孩子，这是作者为人本主义的理想之爱留下的希望的种子。作者曾经指出栖的弱点，那就是对"性和名利"的追求，会让他舍弃真爱，星子最终嫁给了别人。在栖的追悼会上，星子看着栖的遗体，思考着人性的弱点："是人类这一类生命未曾计划的完美而自携的弱点一直在细细地咀嚼着他？如此想着，星子感到了被咀嚼。星子想，是了，这种咀嚼是从一生下来便开始了。"在 1990 年代的文化语境下，人们特别是男性对"性和名利"的追求，把具有人文光芒的爱情破坏掉。小说中，栖与星子的爱情，既有情感依恋的浪漫，也有身心交融的激情。只是，这美好的爱情并没有延续，栖的另娶和星子的另嫁，都说明了人性弱点的难以克服。在这里，关于"性和名利"的追求超越 1990 年代。

浪漫之爱和激情之爱并非能截然分开，只是二者在时间及情感的浓度、所依赖的对象等方面有所差别。浪漫之爱的持久需要激情之爱浓度的支持，而激情之爱的延伸和持久，不能仅靠力比多的维持，必须有双方精神上和情感上的认同和共鸣。和谐美好的亲密关系是需要这两种爱情方式共同维持的。

但是，从 1990 年代的整体文化景观来看，即使在相比于男性更看重爱

---

① 方方：《桃花灿烂》，百花文艺出版社，1996，第 314 页。

情的女性文本中，美好和谐的爱情力量是弱小的，弱小到不能支撑爱情关系走向长远而稳定的家庭关系。按照克尔凯郭尔的爱情观，男女双方在进入爱情审美阶段之后，就停止了。在很多女性作家那里，她们对爱情的呈现仅限于审美阶段，而对于第二个阶段的伦理期，即类似于我们说的长久的婚姻阶段，女作家是很吝啬爱情的，它被世俗理性和日常生活挤压到边缘，呈现碎片化和非主流化的特点。至于克尔凯郭尔所描述的第三个阶段，即宗教阶段，好像只有在迟子建的作品中，有隐约的呈现。

这种现象也说明了 1990 年代女性文学婚恋叙事的特点，女性小说对爱情的向往和憧憬，在很大程度上延伸了女性文学的精神向度，增加了女性文学的思想内涵与人文情怀。

但是，女性作品中的爱情书写，也存在很大问题，就是将爱情看得过于理想化，虽然带着人道主义精神，但缺少伦理的规约和宗教精神所具有的信念，没有大爱境界和情怀，从而在爱情遭遇实用理性和工具理性的冲击时，显得脆弱而单薄，从而造成爱情的夭折和毁灭。

第二节　婚姻与爱情的错位

现代社会理想状态的两性观念，婚姻和爱情是合二为一的，"浪漫之爱借助激情之爱形成一束与超验性一致的特殊信念和理想"。[1] 浪漫之爱和激情之爱一起，将两性的婚姻引向未来，以实现男女双方一种长久的生活叙事。将情感框定在婚姻秩序之中，是一种情理相济和谐美好的两性关系。但是，在 1990 年代女性的叙事中，爱情和婚姻因为彼此代表了不同的价值取向，往往成了两性关系中的对立面，成为鱼与熊掌不能兼得的两难选择。小说人物为了捍卫婚姻，必须放弃浪漫之爱，或者说要想选择世俗理性，则会放弃理想主义；如果想获得爱情，品尝激情之甜蜜，那需要在婚姻之外寻找，即让非理性的汁液流出在理性的樊篱之外。所以，女性小说的婚恋关系呈现为婚姻和爱情的错位。作者对错位的书写，正反映着知

---

① 安东尼·吉登斯：《亲密关系的变革——现代社会中的性、爱和爱欲》，陈永国、汪安民等译，社会科学文献出版社，2001，第 51 页。

识女性在 1990 年代时代巨变中的矛盾处境。

一　理性与情感的对立

（1）解构爱情，捍卫婚姻。前面已经提到，1980 年代中后期，中国文坛在先锋思潮方兴未艾的同时，掀起了一场现实主义的文学浪潮，被评论界定名为"新写实主义"，代表作有刘震云的《一地鸡毛》和池莉的"人生三部曲"，以及著名短篇《冷也好热也好活着就好》，"新写实主义"基本上放弃了先锋派的启蒙精神和理想主义，而是在坚持主流秩序中，表现生活的琐碎和重复。池莉的小说《烦恼人生》，印家厚自从结婚后，就泯灭了曾经的理想，按部就班地过日子，特别是他的女徒弟向他表达爱慕，他严格恪守婚姻规则，拒绝了这份旁逸斜出的感情。实际上，从这个作品开始，池莉已经开始表达对爱情的拒绝态度。而池莉 1989 年发表的《不谈爱情》，从题目就将婚姻和爱情对立起来，小说主人公庄建非思考自己的婚姻，与市井姑娘吉玲结婚的主要动因是"性欲"，而非爱情，这也引来庄建非的妹妹嘲讽哥哥的婚姻没有爱情，但是，追求爱情的她，却迟迟嫁不出去。池莉 1991 年发表的《太阳出世》继续写婚姻，赵天胜和李小兰这对新婚夫妻，在结婚那天还在闹别扭，不懂如何一起生活，不懂爱，争争吵吵，直到有了孩子，才让这对小夫妻懂得了一些爱，但是这种因孩子产生的爱与两性的爱情却是不同的。小说全然不写爱情，只写吵闹的婚姻生活。经过了长久的酝酿，池莉在《绿水长流》（1993）中，集中地表达了她对爱情的态度，在池莉看来，具有理想情怀和浪漫色彩的爱情是不存在的。在小说《绿水长流》里，她把初恋理解为年轻人对性的好奇和探究，把爱情诠释为男女两个人一次次偶然性的相遇，一种超验性的机缘，如果当事者不因这种偶然性动情，爱情便不会发生。《绿水长流》的男女主人公在庐山上不断地邂逅，而这一切，并非源于二人的主观意愿，而是来自客观的情景，仿佛是上天的安排，小说并没有渲染二人的情感上的默契，而是表现二人偶遇后有节制的惊喜和被道德理性制约着的心里波澜。即使爱情被诠释为上天为男女安排的邂逅和偶遇，但对于已婚男女而言，这种偶然激发的心动也会被婚姻理性这种必然所压抑和掩藏，小说中间穿插的婚姻与爱情的小故事，都是为了说明年轻人迷信的爱情是不存在的，池莉想说的是，过于执着爱情的人往往不能获得幸福的婚姻，从这个角度来说，池莉对爱情的解构实际上是对作为日常生活的婚姻的捍卫。①

在这个问题上，方方的小说《纸婚年》（1993）更见主旨。年轻小伙沈维扬在舞会上认识了美女如影，对她一见钟情，二人很快陷入情网，恋爱如火如荼，美好的爱情很快促成了他们的婚姻，但是，当他们结婚之后，二人的感情冷淡下来，争吵不断，日常生活的矛盾消耗掉了他们婚前的感情，就是在争吵声和彼此的妥协中，度过了他们的纸婚年。这个作品发表后引起争议，个中原因就是作品把爱情和婚姻对立起来，婚前是爱情，婚后就消失了，变成了无趣而凡俗的生活，这种从理想到现实的转变是如此的快，使得小夫妻不能适应。这个作品正好处于中国文坛人文主义大讨论当口发表，所以不经意地参与了讨论。那个时候的新现实主义作品似乎都是这样的一个立场和态度。

（2）爱情本位主义。1993 年确实是中国文化和文学的一个关节点，在这一年，现实主义的创作取代了先锋思潮，世俗理性战胜了理想主义的爱情。与这股思潮相伴的是爱情本位主义，它在 1990 年代中后期广为流行，这一思潮应该是 1980 年代理想主义的一个沿袭，并与女性主义思潮互为表里。所谓爱情本位主义就是在亲密关系中，把爱情当作两性交往的充分必要条件，爱情成为衡量两性交往合理性的主要依据，甚至唯一条件。在这一依据之下，婚姻道德居于次要地位，甚至可以无视和遗弃，也就是说，男女之间如果有爱情存在，是可以超越婚姻的道德伦理的。恩格斯对于婚姻爱情的看法，成为那一时期现代女性的座右铭："如果说只有以爱情为基础的婚姻才是合乎道德的，那么也只有继续保持爱情的婚姻才合乎道德。不过个人性爱的持久性在各个不同的个人中间，尤其在男女中间，是很不相同的，如果感情确实已经消失或者已经被新的热烈的爱情所排挤，那就会使离婚无论对于双方或对于社会都成为幸事。这只会使人们省得陷入离婚诉讼的无益的泥污。"② 这正是 1980 年代以来人文主义的主要观点，坚持有爱情的婚姻，放弃没有爱情的婚姻。爱情被重视，摆在婚恋关系的

---

① 戴锦华：《神圣的烦恼人生》，《文学评论》1995 年第 6 期。
② 《马克思恩格斯全集》第 21 卷，人民出版社，2008，第 91 页。

主要位置,而婚姻和相应的婚姻伦理则被忽略和轻视。在男性作品中,这种爱情本位主义者是有的,男性作家表现出对爱情的执着精神多是 1980 年代知识分子立场的理想主义情怀的坚守,比如北村。对于女性小说来说,爱情本位主义就更明显了,爱情不单单代表着知识女性对爱情的理想主义精神,爱情还是一种非理性的力量,冲击着现代理性,单就两性关系而言,实际上是对传统婚姻伦理的反叛。从社会性别的角度来说,女性对爱情的信任和依赖超过男性,叔本华、尼采、罗素等哲学家就对女性对爱情的笃信表示质疑和不屑,吉登斯也认为,"浪漫之爱在性别上总是不平衡的"①。如前文已经提到的文本,书写的爱情多是"激情之爱",这种与情欲很相近的非理性,成为女性文本中最颠覆传统价值观的话语之一。但是,吊诡之处在于,女性作家所书写的女性和男性虽然都有一定的爱情本位主义倾向,但是女性人物和男性人物在面对爱情和婚姻的取舍问题上,却有极大的性别差异,这一点是值得思考的,笔者将在下面的论题中陆续展开。

二 徘徊于"城外"的现代女性

钱锺书先生将婚姻比喻成一座围城,他说:城外的人想冲进去,城里的人想逃出来。但是,1990 年代女性作家,塑造了一个女性群像,她们是一群具有主体意识的"现代女性",这群女人坚守爱情信念,并不忙着冲进婚姻的围城,而是在城外品尝爱情带给她们的酸甜苦辣。"现代女性"这个词,最早出现在五四时期,是指受到现代性理念熏陶的女性,这类女性基本上接受着西方的现代文明,追求人权、平等和个性解放。五四时期受启蒙的现代女性争取恋爱自由,不惜与包办婚姻的家长决裂,爱情和婚姻的自主选择成为五四时期现代女性个性觉醒的一个标识。如冯沅君作品《隔绝》中的女生,为了选择自由的爱人,不惜与家长反目,离家出走。具有传统观念的封建家长成为现代女性寻求自由爱情的对立面。之后,现代女性的内涵不断丰富,丁玲的小说《雪珂姑娘》,那个留着"波波头",

---

① 〔英〕安东尼·吉登斯:《亲密关系的变革——现代社会中的性、爱和爱欲》,陈永国、汪安民等译,社会科学文献出版社,2001,第 82 页。

时髦性感的女孩雪珂，成为现代女性的典型。与冯沅君写的女性不同，雪珂这个现代女孩，身上最突出的特征是性感和时尚。到了丁玲《莎菲女士的日记》，莎菲这个卧病在床的肺炎患者，以大胆的情欲渴望与对男性的情爱表达，刷新了读者对现代女性的想象。除了女性文学作品对现代女性的想象，在男作家笔下，对现代女性的想象更为大胆。早在1920年代，茅盾作品中重点刻画了许多现代女性，《动摇》中的孙舞阳、《追求》中的章秋柳和《虹》中的梅，她们美丽性感，在身体和情感上玩弄男人，具有革命倾向，却又找不到方向，这些男性作家故意将女性的身体革命和社会革命结合起来去写，因为当时的启蒙者认为，实现中国社会的现代性是需要人自身的革命和社会的革命一起进行的。[①] 直到20世纪三四十年代，上海新感觉派的小说中，出现了一批现代女性，这些现代女性跳着狐步舞，穿着性感外露的旗袍，美艳无双，引诱着男人们，让大上海成为一个欲望化的都市。从以上现代文学对现代女性的形象呈现来看，现代女性除了具备现代理念之外，还有以下特征：她们多是些时代精神的先锋战士，基本上走在时代的最前列，当然根据时代思潮的左右倾向，她们又分属不同的时代精神；从身体行为上来看，她们大胆性感，在婚恋关系的态度上表现出对传统两性伦理的反叛，最核心的标志就是性开放。

改革开放前30年，现代女性的形象被"铁姑娘"的形象所代替，其主要特征是对国家的忠诚、坚定的共产主义信念以及全身心地投身现代化建设。直到1980年代，现代女性形象在文学作品中才重新出现，但是，1980年代现代女性的主要特征是人格上的独立，以及自觉的社会价值追求，这类人物如谌容的《人到中年》的陆文婷，张洁《方舟》里的几个女性，还有张欣辛的《我在哪里错过了你》和《在同一起跑线上》等作品。这些女性形象与现代文学中的"现代女性"有很大的不同，虽然后者也是现代文明的接受者，但是，1980年代的女性形象多是些职业女性，小说重点表现的是她们在中国社会现代化的进程中所做出的贡献，还隐隐带着一体化时期"铁姑娘"的影子。虽然也涉及婚姻甚至离婚问题，但是这些职业女性与"性感"是不搭边的。

---

① 刘剑梅：《革命与情爱》，上海三联书店，2009，第63~78页。

　　文学创作真正再现现代文学关于"现代女性"的想象，是 1990 年代，这其中很重要的一个原因是中国社会现代化之路的转型，中国社会出现了少有的多面性。在 1990 年代女作家笔下，现代女性与前现代女性大不相同，那个时候的革命已经让位给了日常生活。情爱和象征着日常生活的婚姻便成为现代女性革命的对象。她们大多对传统婚姻伦理不信任、不合作；其次她们大多是情爱本位主义者，这两者互为表里，作为日常生活的婚姻生活往往过于实际和沉重，缺少爱情的超越精神，但两情相悦的爱情又不容易遇到，强大的主流话语和工具理性又不能让两个相爱的人真正走到一起，步入婚姻，这正是 1990 年代女性小说反映出来的婚恋关系的一个悖论，而这种悖论的实践者也正是这群"现代女性"。所以很多"现代女性"可能充当了婚姻的破坏者，用 1990 年代比较流行的词，叫"第三者插足"。

　　在《布老虎丛书》系列中，皮皮 1990 年代写了两部长篇，分别是《渴望激情》与《比如女人》。这两部小说都是写"第三者插足"而造成的婚姻危机。《渴望激情》这个作品重点写中年人的婚姻危机，所以第三者小乔不是小说描写的重点，她在小说中是一个情欲的符码，她以情欲引诱了尹如初，又以理性的失陷，情欲的无限张扬而导致了她自己的死亡。悲剧的始作俑者是现代女性小乔对尹如初热烈的情欲。对于婚外恋，作者是批判的，对于破坏婚姻的女人，作者安排以小乔的死达到道德训诫的效果。

　　在接下来的《比如女人》，在继续坚持传统通俗性的同时，皮皮小说中多了些女性立场。这部小说的重点放在了对现代女性娄红的塑造上。娄红年轻美貌，家世优越，在众多的追求者中，看上了公司的已婚男人耿林，二人很快同居。耿林的妻子，外科大夫刘云听说后，跟踪调查丈夫，为了保卫自己的婚姻，与第三者娄红展开了持续的斗争。前面我们已经说过，现代女性对待婚姻有两种态度，要么如陈染作品中的主人公一样，对婚姻持怀疑态度；要么蔑视婚姻道德对两性交往自由的束缚，坚持爱情本位主义的两性交往原则。这种女孩的爱情信条从皮皮《比如女人》的一段对话中可以表现出来。

"她丈夫爱上我，要跟她离婚。"娄红说着用手指指指刘云："她就开始闹，先去我单位，然后去派出所，最后去我家，太可耻了！"

"你不可耻吗？口口声声她丈夫她丈夫，你跟人家丈夫乱搞，你不可耻吗？"老护士也气愤了，吵架这时变成娄红和护士长两个人的事了。

"我有什么可耻的！不错，他是她丈夫，但他爱我，这就够了，这也是最重要的。"

"有什么重要的，你不就是仗着自己年轻勾引人家老公吗?!"护士长说。

"我明白了，跟你说没用，实话告诉你，我真的同情你们，因为你们这代人根本不懂什么是真正的感情，因为你们从没经历过。你们一辈子不过是在自我欺骗，还以为结婚生孩子就是爱情呐，真可怜。"[1]

娄红的两性交往理念与护士长不一样。在娄红看来，两性之间有无爱情是决定双方交往合理性的唯一理由，而护士长则认为一个年轻女子，通过姿色去勾引一个已婚男人是不道德的，所谓的爱情比起婚姻道德来，那是不值一提的。从这段对话中，两个人分别代表了两种立场，娄红是爱情本位主义的立场，而护士长则是从维护婚姻的角度，反对娄红所谓的"爱情本位说"。另外，还有一个问题需要说明，娄红与护士长争论的"爱情"，实际上是"激情之爱"，前文已经说过，这种爱情有着浓烈的非理性色彩，是婚姻的大敌，但是，在1990年代的文本中，以性为基础的两性交往占据了中心地位，这些游离在婚姻之外的女性，以"激情之爱"为信条坚持的两性交往，多是无疾而终，原因就在于她们错把性爱当成了真爱。然而这种错误不仅仅在于小说中的主人公，有时候，作家本身对这种身体之爱也表现出无限的向往。灵肉合一的爱情往往被女作家写得迷人而美好。这种描写在陈染的小说中表现较多。

娄红不是一个没有文化的女孩，她之所以可以跟刘云，跟护士们理直

---

① 皮皮：《比如女人》，人民文学出版社，2003，第219~220页。

气壮的争辩，源自她对现代社会中，关于爱情自由理念的坚持和信任，以及对传统婚姻伦理的蔑视。然而，小说作者并没有认可娄红与耿林的爱情，她把这两个人的爱情写成是二人理性失范后造成的欲望泛滥的结果。从这点来说，作家皮皮并不认同这种以性作为爱的基础的男女交往方式，而把吴刚对刘云在人生低谷中的关心照顾，写得温暖感人，最终二人也走在了一起。作家认同的是细水长流的感情。实际上，这两种感情正是吉登斯区分的"激情之爱"与"浪漫之爱"。

在池莉的作品中，现代女性也是频繁出现，最典型的当属长篇《来来往往》，24 岁的女孩林朱与已婚男人康伟业算得上一见钟情。林朱的性感泼辣，很符合不拘于规则的康伟业的口味，二人北京与武汉两地飞来飞去，打得火热，康伟业在林朱热烈的表达之后，为她置办了房产，并与发妻段莉娜提出离婚。然而婚终于没有离成，这不但是因为康伟业对妻子的惧怕，更重要的，在孩子的问题上，现代女孩林朱和老式男人康伟业存在重大观念分歧，在林朱的观念中，孩子不应该是婚姻存在或者解体的决定因素，只有爱情才是两个人是否可以在一起的唯一理由。而康伟业则带着一个父亲的责任感，想为孩子保存一个空壳的家。最终婚没离成，林朱卖了康伟业为她置办的房子，带着现金飞走了。留下的是康伟业与段莉娜的破碎的但为了孩子一直坚持的婚姻。

铁凝作品《大浴女》中的尹小跳之于方兢，《无雨之城》中的女记者陶又佳之于普运哲，张抗抗小说《情爱画廊》中的程丽之于画家周由，这些女人因为爱与已婚男人同居，发生性关系，并希望与所爱的人建立长久的生活关系，即婚姻关系。然而，她们的爱情至上的价值观，并没有给她们带来美好稳定长久的婚姻，最后都是不欢而散。

三 "城里"男人的突围表演

在女作家的笔下，1990 年代的男性比 1980 年代的男性在对待婚外情的问题上，要开放大胆得多。1980 年代小说《烦恼人生》中的印家厚，虽有女弟子的爱慕，他却因为家庭的责任感和那个"顶着鸡窝头"的女人的等候，选择放弃这份真挚的感情，这是在 1980 年代的语境下的一份"神圣"的坚守。但是在 1990 年代，女性作家本着现实主义的精神，更是本着一种性别意识，写出了男人与女人在对待爱情和婚姻关系上的不同，女性坚持鱼和熊掌不能兼得的理念，宁愿为了爱情放弃婚姻；而男性则不同，他们一方面在现实理性的规训下坚持婚姻，即使这个婚姻颇为空洞和破碎；另一方面又在婚姻之外寻找爱情，以获得对理性秩序的片刻逃避。1990 年代的女性小说，已经没有几个男人还可以像印家厚那样以放逐生命的理想和轻盈来捍卫婚姻的沉重，他们对婚外情是渴望的，也不太会因为拥有地下情而备感不安，只要妻子不知道，拥有婚外情的男人是很能让自己找到作为男人的优越性和体面的。所以皮皮的小说《渴望激情》一经出版，立刻成为畅销书，因为这部小说写出了人到中年的夫妻，特别是男人，对激情之爱的渴望，对于男人而言，在婚外寻求激情是对"烦恼人生"的一种暂时性超越，是对婚姻秩序坚守中的短暂"溜号"。这正是现代男人的两全选择。

　　男女之事，都是相对应的，当有未婚的单身女性去做婚姻的第三者，也必然存在婚外寻求爱情的男人，实际上，具有爱情本位主义思想的现代女孩，与在婚姻之外寻求"激情"的男人是成正比的，只是，男性和女性在权衡婚姻和爱情的关系时，会有所不同，某种程度上来说，男人的突围活动，既需要与妻子斗智斗勇，更要与婚外的女孩周旋缠绵，男人和女人之间，以及两个女人之间，如比赛决斗一样，既刺激又惊险。因此，这类题材的小说都颇吸引读者。铁凝的《无雨之城》就是这样的一个作品。市长普运哲和记者陶又佳，一个是在婚姻之外寻求爱情的男人，一个是离婚单身的现代女性，二人相遇，产生爱情，在这二人的"地下"交往中，追求爱情的陶又佳可以为爱情舍身，但是，普运哲是不会这样的，他为了个人的地位和前途放弃爱情继续选择和发妻生活。由此可见男人和女人的不同，男人更遵从工具理性法则，女性则多是为了理想的浪漫之爱奋不顾身，失去理性。所以，现代女性更是一些非理性的感性主义者。

　　陈染的小说《与往事干杯》写一个已婚男人对一个女孩的爱。叙述者"我"，女孩肖濛，和母亲住在尼姑庵里，邻居是一对感情不好的夫妻，两个人总是吵架，男邻居不爱妻子，但是男人对小邻居，年轻的女孩肖濛却是喜爱得不得了。一次女孩肖濛去男邻居家看电视，被男邻居抱住爱抚，从此二人有了肉体关系。男邻居有着传统的道德责任感，同时更是出于对肖濛的爱，他在满足肖濛身体欲望时，又极力克制自己的欲望，没有跨越最后的防线，成了"处女地上的耕作者"，从这个角度来说，男邻居对肖濛是有着深爱的。男人的爱一直伴随女孩的成长，直到搬家离开。多年之后，叙述者"我"长大，这样总结"我"与男邻居的关系，带着道德上的思考：

> 回想起来，我从来不以为自己充当过报纸上说的那种"第三者"。早在我和母亲搬进那个尼姑庵以前，他就已经不爱他的女人了；在我和他分开之后，他依然不爱他的女人。他跟我一样，其实只是一个人，活着，活着。如果他那时候单身，如果我那时的年龄满于婚姻法认同的结婚年龄，我会顺着那糊涂劲与他结婚、成家、生育，因为我还不真正懂得很多。无论我是否真正爱过他，只要与他在一起，我现在肯定会有一个宁和的家，有一个父亲般时时精心保护我的男人。但是，时过境迁，长大了，那稀里糊涂的火候过去了。爱情不来，婚姻难再。①

肖濛之所以认为自己没有道德问题，源于她认为男邻居和女邻居的婚姻是没有爱情的婚姻，而她在思考自己和男邻居的关系时，想到了可能和他结婚的理由是男邻居爱她，但是他们有爱的关系在小说中并没有成为延续，正如之后肖濛与男邻居的儿子老巴这对彼此相爱的人，没有最终在一起一样。回到主题，男邻居毕竟是在维持婚姻的前提下，与女孩肖濛产生爱情的。只是小说叙事者是女孩肖濛，使得小说的聚焦点放在了"我"的身上，而没有放在已婚男邻居的身上。

林白的小说《致命的飞翔》中那个对李莴一见倾心的已婚男人大宝，在电话中用性感的声音向李莴表白："李莴，我，我很爱你。我知道我不该这样说。但我控制不了自己。这几天我总是想你，我苦得要命。我下定了决心还是要对你说，不说我就过不去了。"李莴听到表白心花怒放，想

---

① 陈染：《无处告别——陈染中篇小说精品》，作家出版社，2009，第40页。

也许大宝是男人中为数不多的浪漫主义者，她想以嫁给大宝作为对大宝爱情的报答，当她向大宝表达了这个意思时，大宝却说："我不能离婚，我最恨离婚的人。有了孩子还离婚的人一律要枪毙"[①]。李芮无语，对大宝彻底失望。这话透露了男人的虚伪和自私，真实反映了现实社会中很多已婚男性婚恋关系的状况。无奈之下，李芮最后选择了老男人登陆，虽然二人相识于登陆还没有离婚的状态之下，但是最终，因为和妻子的不合，他离了婚，和李芮生活在了一起。

张欣的小说大多表现市场经济下的男女关系和经济关系，在作品《掘金时代》中，妻子穗珠下海经商，在外跑生意，风里来雨里去，两年之中回家不多，婚姻生活出现问题；丈夫穆青是一个江郎才尽的作家，有着文人的虚荣、轻狂和好色，在商业大潮中，也被一个骗子忽悠下海，意外受骗，又因为妻子生意的成功让身为丈夫的他深感压力和自卑。但穆青却又具有强烈的大男子主义，以丈夫的身份强硬地管束着妻子，声称写专栏养穗珠，不允许穗珠和男性的生意伙伴走得太近，更过分的是，他自己却找了一个叫素荷的温柔女子做情人，因为素荷的"神情婉约，甚是温柔"而一见钟情，关系维持很久。穆青是一个典型的在婚外寻找恋情的虚伪男人。与这篇作品在情节上有相似之处的作品是萨娜的小说《你脸上有把刀》，聪明能干且美丽的女人史红是个商业精英，被众多成功男士追求。丈夫金林是一名记者，因为感到自己的地位低，使他在史红强大的追逐者面前，变得敏感、小气、多疑、气急败坏，并与史红争吵，彼此身份和社会地位的不平衡性造成了矛盾，男人便用家庭牵住女人史红。在丈夫情感威逼下，史红被迫放弃了事业，做了家庭主妇。经过几年之后，金林小有成绩，但是夫妻感情越来越淡。此时的金林终于不能忍受情感的空荡，他在外面开始找女人，遇到了家世优越的女人尤小娟，和尤小娟的云雨生活令他欲罢不能，似乎已经离不开尤小娟。但是尤小娟也因为调到省城而离开了他，尤小娟的丈夫在日本读博士，家庭背景很强大，尤小娟很现实地离开了金林。金林面对已经步入中年的妻子，感到了生活的无趣。徐小斌的小说《双鱼星座》，零卜丈夫韦的司机石，是个年轻帅气的小伙子，实

---

① 林白：《猫的激情时代》，中国文联出版社，2001，第 276～278 页。

际上早就结婚，但是因为夫妻没有感情，就结识了温柔听话的女人莲，二人感情深厚，石允诺莲，等几年之后，便与妻子离婚娶莲，但是这种允诺一直没有兑现，在与老板娘零卜的接触中，他又对零卜产生了一种暧昧的牵挂和思念，甚至开车时不惜自己受伤而保护了零卜。当零卜发现了石的情人的时候，零卜对石充满了失望，选择了离开。以上几个作品中的男人都具有男权倾向，他们对待婚姻的态度是虚伪的，妻子的强大和智慧让他们感到压力和不快，但是又不想放弃婚姻，于是，在婚外便寻找一个温柔听话的小女人，以满足男人的虚荣和情感需求。

1990 年代在女性文本中反复出现婚姻与爱情错位的叙事母题。这其中的原因也许很多，比如迎合市场消费的读者口味，比如表达对婚姻的不信任感，比如在社会转型期真实记录生活的景观等。归结起来，1990 年代女性婚恋叙事整体显示出一种不确定性和变动性，这种情况正是一种后现代的征候。

第三节　爱情守望者的败落

在 1990 年代的整个文化氛围中，那些满怀理想主义和浪漫主义的爱情守望者，多是遭遇悲剧、曲终人散、劳燕分飞，这种书写也反映了知识分子伦理渐渐让位给世俗伦理，对于女性作家来说，在对爱情的书写中，有时还带着男性批判的女性主义的理念。

一　"弃妇"与"弃夫"

"弃妇"形象在中国古代叙事诗中经常出现，比较有代表性的作品如《诗经》里著名的《卫风·氓》，还有汉乐府诗歌《上山采蘼芜》《古诗为焦仲卿妻作》等，写的是男人变了心，将女人遗弃，作品都写出了弃妇内心的痛苦和哀伤以及对命运不公的呐喊。可见，弃妇形象古已有之，弃妇是不幸的，在婚姻关系中属于遭遗弃的一方。在 1990 年代，女作家们笔下塑造了不少在婚姻中被抛弃的女性，被抛弃的原因，基本上是她们对男女之间的关系抱有理想主义情怀，对浪漫爱情过于执着，有着不务实的爱情幻想。而就弃妇的身份来看，知识女性是较多的，这从一个侧面反映了知识女性的爱情理想主义与时代精神的脱节，与男性爱情理念的脱节。

蒋子丹在 1990 年代是一个比较专注于写婚姻和爱情的作家，她的小说《桑烟为谁升起》写于 1990 年代初，讲的是女知识分子的情感故事。萧芒，一个四十岁的大学女讲师，在二十多岁读大学的时候认识了丈夫宁羽。但是结婚后，他们的性生活一直不和谐，主要是萧芒在床上的淑女表现不能勾起丈夫的热情，丈夫因此觉得萧芒不够爱他，实际情况是萧芒很爱他，甚至可以为他付出生命。但是，在丈夫的要求下，两人还是分居了，丈夫跟一个年轻艳俗的女人在一起，再后来，丈夫突然死在办公室。丈夫死后，萧芒度过几年繁忙、寂寞、伤感的单身生活，直到遇到一个年轻的警察，大男孩，二人的相处是和谐的，无论是性还是语言沟通。男孩向她求婚，却遭到大男孩家人的强烈反对。萧芒退缩，开始了她漫长的西藏之旅，实际上是对现实感情生活的逃避。在西藏，她遇到了一个叫不语的文化摄影师，萧芒完全被他的话吸引，跟他生活在了一起，在身体和思想上都成了他的俘虏。等她因工作关系被迫回到生活的城市，也在不断地为这位文化骗子服务，帮他卖他的文化产品。叙事人"我"以朋友的身份不断向萧芒揭露摄影师对萧芒的情感欺骗，萧芒当然是不相信的，而且，她已经厌倦了城市的生活，最终，萧芒追随自己的精神世界，离开了城市，再次去远游，消失在人们的视野中，她梦想着自己通过藏人的天葬，灵魂在桑烟升起的时候也得到飞升。萧芒是一个不停的追求爱情的女人，而且在情感倾向上偏重精神，但是在追求爱情的途中，总是个失败者，叙述者"我"对这种女性有着深刻的了解，也深知这种爱情的理想主义者的命运，作者借格言来揭示萧芒的命运："上帝赐给献身生活的女人一杯蜜糖说，快去享受爱的甘甜，然后给献身理想的女人一杯苦酒说，快去做爱的苦役。"[1] 同时，小说的叙述者也一针见血地指出，"我认为女人尤其是一些优秀的女人，最容易犯的错误也是她品格最明显的标记，便是把世俗的爱情理想化。理想爱情的幻影能使她们变成天

① 将子丹：《桑烟为谁升起》，河北教育出版社，1995，第 112 页。

使也变成受虐狂或苦役犯。她们不会设防不会矫情不懂向男人邀宠的技巧，她们只会凭着本色一味地爱那些有幸被爱的男人。"① 她的这句话成为1990 年代女性小说中的很多知识女性爱情命运的写照。徐小斌《双鱼星座》中的零卜、长篇小说《羽蛇》中的女孩陆羽都是这种性格的女人，林白小说中的女性带着自己的影子，大多在追寻浪漫之爱的路上失败了。在女性文本中，交织着理想主义与女性主义的光芒。林白短篇小说《玫瑰过道》写一个女人对一个男人痴情而痛苦的爱，痛苦的原因在于这种爱不是对等，即女人只是单方面地爱着男人，女人声称自己是这个世界的"最后一个浪漫主义者"，对男人的爱是没有功利性的，是纯粹的。即使小说的重点在于表现一种无望而痛苦的爱，但是，从小说中依然能够判断这种无望和痛苦源自男人的移情别恋或者花心，因为"我"对着一辆男人房前的红色自行车，几乎陷入绝望。《一个人的战争》里，林白延续着这种无望爱情。林多米与高大英俊仿佛很有才华的年轻电影导演一见钟情，但是，很快林多米发现了年轻导演的花心，在林多米为他堕胎的时候，他却在向另一个女演员求爱。林多米伤心欲绝，选择逃离。另外，林白1990 年代充满异域风情的中篇《子弹穿过苹果》，描写了一个叫蓼的异域女人，对"我父亲"怀有执着的爱，但"我的父亲"对这份爱却是不接受的，他执着的事情，是摆弄他的绘画颜料，希望有朝一日调制出伟大惊世的颜料。蓼在爱情无望的情况下，决绝地离开了父亲。小说把蓼塑造成一个敢爱敢恨、神秘高贵的女人，把"我的父亲"塑造成一个沉默、不懂爱情，把生命浪费在无聊的事业上的男人。从作品中能够看出作家的性别倾向性，以及对待爱情的态度。在这些作品中，我们看到的是一个充满浪漫爱情观的痴情女人与一个没有责任感、虚伪放荡、自私的男性的相遇，而结局是女人身心受伤，在绝望的情况下逃离爱情现场。林白对于男性的丑化不仅仅是女性主义思潮的影响，也有着来自个体的生命经验。

从以上作品分析可知，弃妇的命运一方面来自女性个体对浪漫之爱的执着，对理想主义的坚守，对社会中实用主义的价值观的不适应；另一方面则是因为遇人不淑，男人与女人的爱情观有很大不同，他们看重的是

① 将子丹：《桑烟为谁升起》，第112 页。

性，看重的是美女，看重的是事业，唯独不看重对方给予自己的情感。当然，在女性文本中，执着于爱情的男性不是没有。林白 1996 年创作的中篇小说《红蛙消失的年代》，其中塑造了一个像基督一样的男人子速，他是一个知识分子，对待知识有着无限的热情，但又是无功利主义者，曾经与两个女人结婚，却被这两个女人以极端的方式抛弃，特别是第二个女人，在遭到名导演抛弃后，女人在生命最低谷时，哀求他与她结婚。但是，很快，女人勾搭上一个男人出国，便要与他离婚。小说聚焦了这个即将遭抛弃的男人，拼命挽救自己婚姻的极端行为，他坚决不离婚，被这个过河拆桥的女人告上法庭，他因此不吃不喝，以绝食的方式表达反抗。显然，这个男人对待婚姻的执着已经超越了爱，他仿佛把婚姻和家庭当作了一种信仰，只有信仰坍塌，面对女人的抛弃，才会有如此的极端行为。这篇小说体现了女性主义作家林白的超性别写作态度，反映了 1990 年代功利主义对人际关系，特别是对女人的巨大影响。男人子速如同一个充满爱的信仰的基督，但是，这个男人却遭到了女人的抛弃，林白在这个作品中是批判功利主义，更是批判这个时代异化的爱情。

二　异化的爱情

卢卡奇对异化的表述是这样的："个人的生活关系愈是被抽象的物化，愈是不被当作具体的、自发的过程而加以感知，那么个人便愈是容易被异化所俘虏，我们甚至可以说，便愈是自发的、毫无反抗地像异化靠拢。"[①]爱情的异化，是说本来爱情应该是以人为主体，但是被客体化、被物化、被工具化，爱情成为可以实现个人欲望和个人目标的一个工具，具有了很强的功利目的，这就是爱情的异化。爱情的异化与中国社会经济实用主义价值观有着直接的联系。

徐坤有一个短篇小说《遭遇爱情》，极其精彩地反映了那个时代的爱情。男主人公岛村是一个生意人，曾经遇到过很多女人，她们表现出对他的殷勤不外乎是想攻下他的钱包。他本人已经对这种猫捉老鼠的游戏玩腻

---

① 卢卡奇：《关于社会存在的本体论》（下卷），重庆出版社，1993，第 710 页。

了。但是深圳的一家公司把一个叫梅的女人送到了他的身边。梅无论是
"柔媚"的声音还是外貌和修养，都令岛村这个"英俊儒雅"的男人心动
不已。更重要的是两个人在初次见面之后便感到有着相同的文化背景，这
也使得二人相见恨晚。但是在梅的豪华宾馆里，梅一边卖弄风情，一边谈
起生意，岛村在意乱情迷之下，答应了合同降价的要求。第二天在岛村的
客厅签约，岛村再次表现出对梅的"激赏"。但是此时的梅却心在生意，
无心爱情。岛村细致地观察着对方的反应，最终给她签了一个无效的合
同。在梅即将飞往深圳的机场时，岛村给梅打通了电话，告诉了她实情，
希望她能返回再谈。

> 他当然猜不到，梅那女人在放下电话，准备迎候他到来之前，先
> 将干湿粉和双色唇膏等器物小心翼翼地收进蛇皮手袋里，然后便在一
> 张白纸上开始勾勒整个事件发展的每一处细节。男主角岛村便被放置
> 在故事高潮中最最起伏跌宕的位置上。①

这就是计划和策略，其间唯独没有爱情，而岛村恰恰需要的是爱情。
当岛村试图亲吻梅，表达爱意的时候，梅拿出了酬谢他的三千块钱，拒绝
了他的爱情。"岛村忽然觉得有些无措、有些语噎、有些空落。一长串音
符轻捷地在他的大脑皮层里划着，苍白地滑过去了，没有留下任何印辙。
空白。空白得是那样滞胀，阻塞，让他的心灵已经难以承受了。"② 他充满
了虚妄感、疲惫感，这种感觉仅仅是因为他从梅里感受到了她在利用他的
感情。人与人之间的真情在一个商业时代，竟然也被用钱衡量和抵押了，
这正是马克思批判的"商品拜物教"。

徐坤的另一个短篇小说《厨房》，在阐释现代爱情的异化问题上，也
是颇具代表性的。这个故事在男女功利关系上发生了身份转换。成功女性
枝子爱上了自己的合作伙伴风流倜傥的画家松泽，画家松泽迫于枝子对自
己事业的影响力，推掉了众多的女性朋友陪枝子。她亲自下厨房，为这个
她爱的男人做饭，并表达了爱意。枝子的认真让松泽望而却步，因为他对

---

① 徐坤：《遭遇爱情》，《山花》1995 年第 5 期。
② 徐坤：《遭遇爱情》。

枝子除了逢场作戏，并没有真爱。枝子当初因为不满家庭生活的无聊，离婚走出家庭，在商场打拼出属于自己的成功，当她再次厌倦了外面的世界，想重新回归家庭，回归女人最原初的空间——厨房的时候，男人松泽并不能接受她的爱。松泽以不想承担责任的态度放弃枝子的背后，是不是隐藏着这样一个信息：当女人以"人"的姿态离家开始寻求社会价值时，男人也渐渐丧失了传统的性别角色定位，家庭责任感丧失，而当女性忽然需要回归家庭，并恢复传统性别角色定位的时候，男人也刚好习惯了女性的盟友身份，而不再适应女性在厨房里的家庭角色。于是，就造成了枝子和松泽爱情上的尴尬。从这种性别角色身份的错位来说，小说《厨房》表现了一对男女情爱关系的异化，小说的深刻也从这种性别文化身份的错位中彰显出来。

王安忆 1990 年代的小说大多淡化婚姻、爱情与性的界限，只是从纯粹的亲密关系的角度写两性。她在写婚恋关系的时候，有着不同于其他作家的理性，所以，她处理人物关系时，平衡且收敛。王安忆 1993 年发表的中篇小说《香港情与爱》表现的也是一种异化的爱情。美国华裔富商老魏在香港遇到了年轻的女人逢佳，逢佳想通过老魏的关系离开香港去美国，于是展开了一场功利的情爱。不同于徐坤《遭遇爱情》里的男主人公，老魏明知逢佳对她示好的目的而故意顺水推舟，也就是说，这种交换关系和功利目的是二人都认可的。但是二人在香港同居以后，在日常生活和耳鬓厮磨间竟然磨出了情爱，这是当初他们都没想到的。其间逢佳有些想登堂入室，想和老魏成婚，被老魏拒绝。经过两年的相处，老魏最后送逢佳去了澳洲，二人的亲密关系也就结束了。这一场赤裸裸的交换关系，被王安忆写出了情和义，这是王安忆的过人之处。但是，站在人本主义角度去看这场交易，它的初始是违背人性的，虽然经历了情爱，最终也只能以交易完成的方式结束他们的关系。因此从现代爱情角度来看，这也是一场异化的爱情。

王安忆的中篇小说《我爱比尔》（1996）一改从前理性过强的创作风格，在这个作品中，她给了小说人物很大的自由度，让阿三按照自己的情感和欲念发展，她让阿三在她异化的情爱事件中依照她的性格逻辑发展，直到人物走向堕落，又因为个体的尊严找回自我。阿三的爱情异化表现在她对外国男人的无条件迷恋，直至扎堆到外国人居住的酒店……阿三生活在上海，是一个学绘画的女大学生，邂逅过美国外交官、德国大男孩等，这些外国男性虽然感到阿三的特别，但总不能全身心地爱她，最后阿三总是被甩，这里面重要的一个原因就是西方国家对东方国家的歧视，这种地域的差距造成的人物身份上的不平等，成为阿三爱情悲剧的一个根源，也是西方男人拒绝阿三的历史文化原因。从这个角度来说，阿三所经历的爱也是违背爱情本质的。阿三一味地渴慕西洋身份，迎合西洋男人的文化口味，而外国男人虽然跟她发生身体关系，但从未平等相待。这是一篇典型的后殖民语境下的爱情悲剧。卫慧小说《上海宝贝》也存在着中国女性和德国男人的交往，女孩 coco 的精神依恋和浪漫之爱都投入到男孩天天身上，但是因为天天不能给她完整的爱，所以德国男人马克的性诱惑，让女孩 coco 不能自己，但是从开始到最后，coco 都是爱天天的，她和马克之间的身体关系，也并不能构成爱情，甚至不能称之为激情之爱。一个女人，在身体和心灵上的依恋对象出现分离，当然是一种不正常的爱情。coco 和阿三不同，coco 的爱从未给过外国男人马克，最多二人算朋友，实际上，coco 和马克在交往中是一种平等关系。这和阿三很不相同，阿三对比尔一往情深，如飞蛾扑火一般，而且在交往中用委屈自己的方式迎合着西方的文化，特别是她在第一次和比尔发生性关系时，及时地掩去床单上留下的处女血，实际上是想在外国男人面前掩饰中国女孩的保守和羞怯，这是阿三对自己文化身份的不自信，更体现了对西方文明的迎合与盲目倾慕。

以上并非建立在男女之间彼此的认同、平等和对人的自由精神无限激发基础上的两性情感，都是不符合人文精神的，这种爱情的异化，带着1990 年代商业的味道，带着后现代的殖民气息，带着被利用的气息，已经远离了爱的本质。弗洛姆说："爱，本质上应是一门意志的艺术，一门决定以我全部的生命去承诺另一个人生命的艺术。"[1] 爱的本质是给予和付出，不是通过对方获得个人的欲望满足，1990 年代爱情的误区就在这里。

三 逃离和救赎

深究爱情守望者最后的命运选择对于理解 1990 年代女性写作的价值立

---

① 〔美〕弗洛姆：《爱的艺术》，萨茹菲译，光明日报出版社，2006，第 4 页。

场和精神向度有重要意义。从小说结局处理来看，女作家给这些爱情至上的情种们安排的结局是很不相同的，可以分为很多类型，归纳起来有四类：主体丧失型，逃离中心型，理性救赎型，事业慰藉型。

（1）主体丧失型：海男在1993年出版了一部很有争议的作品《我的情人们》，之后她又写了不少表现婚恋关系的作品，她的小说人物几乎都是沉溺于情欲之中不能自拔的痴人。在《我的情人们》这部小说中，海男给我们呈现的是情欲对传统伦理、道德的超越，女人苏修从一个情人身边来到另一个情人身边，感情像涨潮的海浪，漫步各处，而人的理性则完全被情感的潮水淹没。但是，这个作品的先锋性和启蒙意义就在于作家海男以超越理性的浪漫之情表现了女人苏修对爱情的自由追求，虽然里面的人物为这个自由付出了代价。这个作品是一部具有女性主义意义的作品，以坚定的爱情信念和理想精神冲击了传统女性的两性伦理。如果要问在这部作品中，作者是如何安排女性在情爱旋涡中实现救赎的，那只能说，作者并没有让苏修从情爱旋涡中解脱出来，女主人公苏修似乎在这种情感旋涡中更能找到生命的存在感，也许情欲这种非理性才是海男小说人物存在的理由，"我思故我在"的现代主体被"我爱（欲）故我在"的后现代主体所代替，而这种后现代性一定程度上表明了"人"的死亡。这种写法在1990年代并不多。林白的部分小说也有这种倾向，如她的小说《同心爱着不能分手》《子弹穿过苹果》里面的女性，穿月白色绸衣的女人和异国女人蓼，她们没有得到自己想要的爱情，结果都疯了，丧失了理性，消失掉或者死亡。《红蛙消失的年代》里的"弃夫"子速，在被几个女人连续抛弃后，竟然以绝食的行为结束生命。这些爱情守望者的心是决绝的，他们不惜用个体生命的消亡捍卫理想。需要说明的是，此类爱情坚守者沉溺于情爱之中，成为为爱而活的个体，最后也因为不能得到爱情，而放弃了个体生命。正是这类人物形象使得1990年代的文学依然带着崇高感和悲剧精神。

（2）逃离中心型：坚守爱情的人在被爱情所伤以后，大多选择逃离现代都市，回到一种纯朴单纯、自然本真的生活环境中。这种方式看似一种悲观的逃离，然而对于小说主人公和创作主体来说，也是一种自我救赎的方式。通过逃离现代都市异化的爱情给予她们的不适应，而获得心灵的安宁。《双鱼星座》中的女主人公零卜，是一个用一生去追求爱情的女子，但是她身边的三个男人都令她失望，并不能让她得到想要的爱情。充满爱情理想精神的她对身边的生活感到厌倦，她离开城市，来到了云南边区的佤寨，那里民风淳朴，佤寨的头人对零卜有真诚的关爱，这是都市里得不到的。零卜不堪都市男人给她带来的失望，希望在少数民族聚居的边地找到自己的精神栖息之所。这种结局既是理想爱情追求者零卜的一种逃离和救赎自己的方式，也是 1990 年代带有理想情怀的知识分子的一种精神世界归宿的隐喻。具有相同选择的还有蒋子丹的小说《桑烟为谁升起》中的女人萧芒，她比零卜做得更彻底，她多次逃离都市，去西藏放飞灵魂，甚至在西藏遭遇情感欺骗后，选择孤身远游边地，让自己的灵魂在边境之地飞升，渴望着西藏天葬时燃起的桑烟为她升起。

陈染 1990 年代女性"个人化"的书写带有自传色彩，小说《无处告别》中，黛二不适应国内体制化的生活，选择去了国外，又不能适应西方的环境，特别是她与美国情人约翰·琼斯的交往（在一起是没完没了的性生活），这种西方的两性交往方式令黛二感受不到爱，美国的生活越发孤独，她终于又从国外逃回了国内。回国后的她成了一个失业者，又经历着感情的波折，墨非，这个曾经爱过黛二的已婚男人，并不能唤起黛二的爱意。黛二偶遇温柔平和的气功师，正是她期待已久的男人，但是黛二却发现气功师不过是想通过她完成自己的一个医疗实验。这些错位的爱情加重了黛二在现代社会的孤独感和不适应。如果说，在《双鱼星座》中，知识女性零卜在边区找到了自己精神的暂时安放地，那么黛二则在现代社会中无法找到精神的归处，题目"无处告别"正说明了黛二作为一个现代社会中的孤儿的处境。黛二一直处于逃离的状态，她逃离中国，又逃离外国，她逃离中国男人，又逃离外国男人，当她试图去爱一个男人时，又遭遇不爱。黛二表现出的是对现代社会的一种无奈彷徨。陈染的作品表现了这种逃离的状态，但并没有指出救赎之路。爱情的执着以及逃离的姿态表达的是对当下环境的不满，是对理想之所的追寻。在一个被物质和欲望控制的世俗世界里，爱情理想主义者会以逃离现场的方式保持自己的精神纯度。需要说明的是，此类作品在女性小说中不少，这些作品带着强烈的人文气息，成为 1990 年代文学中坚守人文理想的一脉。

（3）理性救赎型：相比于陈染的小说《无处告别》，另一个中篇小说《与往事干杯》多了些理性的精神和道德救赎的意义。因此小说虽然讲述了爱情的悲剧，但结尾处多少带些现代人应该具有的理性的力量。小说中的男性是被女人肖濛抛弃的对象，因为无论年长的男邻居，还是年轻的大男孩老巴，都对肖濛充满浓烈的爱意。但是因为婚姻羁绊和传统伦理的束缚，这种不伦之恋让肖濛无法接受，拒绝了与这对父子的情爱关系。虽然小说的讲述视角是女人肖濛，但是读者如果以男人的立场切入，男邻居和老巴都是感情的被遗弃者，男邻居在肖濛和母亲搬出尼姑庵后，就失去了联系，直到若干年以后，肖濛在一次聚会上，再次与已经年老的男邻居相见，此时已是物是人非，相对无言。而肖濛与老巴的生生分离，直接导致了老巴的车祸身亡。这里的逃离者还是女人，逃离的原因是传统道德伦理的束缚。逃离的结果是爱情终止。让人感兴趣的是《与往事干杯》的结尾，肖濛说，她要向这些往事告别，重启自己的人生，表达出一个生命中有亏欠的人告别过去、重新生活的理性精神。从故事的结尾处理来看，女主人公的理性精神是要大于《无处告别》中黛二在悲怆自恋和孤独中的沦陷。前者看到了自我救赎的精神，后者则在孤独中沦陷。

在理性救赎自我这一点上，王安忆的爱情叙事大多体现着这样的精神向度。不论她的《香港情与爱》，还是《我爱比尔》，甚至她的茅盾文学奖的获奖长篇小说《长恨歌》，都体现了理性对感情的制约和控制精神。《长恨歌》中，王琦瑶与李主任的爱，被时代断送之后，王琦瑶躲到了乌镇疗伤，这是她生命中的唯一一次逃离，也是一种自我救赎，两年后，情感愈合后的她不忘上海繁华，重返大都市上海，从此便开始了上海弄堂里日常生活的人生。以后的日子，王琦瑶又先后与谢明逊、程先生、老克腊这些男人发生了感情纠葛，除了与谢明逊的感情使她获得一个女儿以外，上海的弄堂生活才是她人生的基石。也因为这基石的牢固，冲淡了她个人感情之路的坎坷给她的人生带来的伤损，让王琦瑶这样的弄堂女性可以坚韧且颇有情调地生活下来。也就是说，日常生活理性是王琦瑶对抗爱情挫折的救赎之地。在《我爱比尔》里，阿三先验的道德理性终于战胜了沉溺堕落的情绪，获得了自我救赎；在《香港情与爱》中，无论是逢佳还是老魏，都没有被爱情和欲望所左右，彼此在功利理性和道德理性的制约下，实现了男女关系交往的双赢。1990 年代的女作家少有王安忆这种赋予人物的理性，对于小说人物来说，这种理性对情欲的束缚，正是小说主人公的自我救赎方式。

林白小说《一个人的战争》中林多米经历了那段刻骨铭心的爱情，被电影导演伤害之后，林多米同样选择逃离现场，不同于零卜，林多米逃到了更大的一个城市，躲了一个孤独的女人家中。这个灵魂的救赎之地有什么寓意呢？这是一种既战斗又退守的姿态。战斗是针对北京这个大城市而言，林多米离开南方，来到更大的城市，内心深处一定怀揣着奋斗和"成名成家"的欲望，她来到一个单身女人的家中，表明她对男性的失望，这是林多米要将"一个人的战争"进行到底的决心，林多米经历了被遗弃的痛苦爱情，陷入对男性的不信任之中，躲到一个孤独的老女人家中，也许这种结局，暗示着林多米也或者是作者林白的一个想法，女人只有一个人去对抗世界、对抗男人才能获得救赎。

（4）事业慰藉型：面对爱情的失望，还有一类情形，那就是忘掉伤痛，追求个人的社会价值，在这方面，突出的作品是皮皮的小说《比如女人》，虽然这个作品是在婚姻范畴中写爱情，但是我们同样可以把它当作爱情失落的故事来读。刘云竭力挽留耿林的爱，但是失败了。在人生的痛苦时刻，她选择了忘我的工作，作为一位外科大夫，她给了病人最大的爱，并且在医疗事业上取得了重要突破性发明。这是一种救赎，用社会性贡献来救赎自己失落的灵魂。张欣小说《一意孤行》中的于冰，面对没有爱情的婚姻，她是以自己的社会价值作为救赎方式。而对于自己深爱的男人萧沧华，她则是以逃避的方式离开了他，她去了美国，去哈佛大学进修学习，地点的选择带着点后殖民地人民崇洋的心理，但是在 1990 年代，也暗示着感情孤独的于冰在事业上的巨大成功。

从以上文本分析来看，女作家总是带着某种理想主义的情怀去面对已经被异化的爱情，爱情守望者在得不到爱情之后，或者在感情问题上遇到挫折之后，或者离开现场，寻找心灵慰藉，或者用理性的力量实现自我救赎，也或者就一直盘旋在情感的旋涡中不能自拔，直至以非理性的方式结束生命，要么疯掉，要么死去。这些结局的安排，都带有写作者的理想精神和作家的主观愿望。而这些安排，最终也只能说明，理想中的美好爱情，终于因为现实的缘故不能实现，这种生命的缺憾，虽然古已有之，但是，在1990年代的知识和文化潮流中，这种不可实现的爱情几乎成了女性作家的一个共识。

女性爱情书写的这种现象，很容易让人想到1990年代开始的人文主义的争论以及人文主义者在1990年代以后的失败。就好像坚守纯正的爱情，最后的结局是失败一样，文化中的人文主义者的命运和这些爱情主义者的命运何其相似。文学作品和文化界的这一现象的相似之处有精神上的共性。程光炜先生在2013年的《重寻"人文精神讨论"》，这样总结当时人文主义者的问题："以80年代的人文知识积累和理想愿望试图进入不兼容的90年代的多元社会和文化结构，并缺乏对现代社会的基本知识，就可能是人文精神讨论所遗留给今天的主要历史问题。"① 1990年代的这群爱情理想主义者承接着1980年代的人文精神，在1990年代多元化的语境下遭遇爱情危机，从人物命运来看，只有最后坚持理性救赎的一类，生命获得了提升，而其他无论事业多么成功，逃离得多么遥远，终究无法在亲密关系中获得肯定，最终成为一个孤独者。

用弗洛姆关于爱情的理性认知来参照以上女性作家的爱情书写："人们认为爱情关系一旦出现差错就应分道扬镳、各奔东西的观点，就如同无论如何即使感情完全破裂都不必解除这种关系的观点，都一样是错误的。""爱和被爱，都需要勇气，需要有勇气去选择那些可以作为最高关注对象的价值，需要有勇气做出决断，把全部赌注押在这些价值上。"② 理想终究不能代替现实，不直面现实的爱情终究结不出甜蜜的果实。那些不去接近对方理解对方的理想主义者，试图重获彼此认同和共情的爱情，是个人主义的，其结局也只能是"一个人的战争"。

---

① 程光炜：《重寻"人文精神讨论"》，《文艺研究》2013年第2期。
② 〔美〕弗洛姆：《爱的艺术》，萨茹菲译，光明日报出版社，2006，第166页。

第三章

身体：启蒙与消费交织的性别政治

　　1970 年代，美国文学博士凯特·米莉特出版了她的博士论文《性政治》（*sexual politics*），这是一部女性主义思潮中具有里程碑意义的著作，著作从"性"的角度分析男女之间的权力关系。她从几个经典的男性作家的经典文本中去考察他们对男女性关系的描写，从男性作家的"身体写作"中敏锐地分析出男权意识对性爱过程的操控以及女性在性爱活动中的"阳具崇拜"。以性这一核心的两性身体交往为突破口，米莉特发掘出了性别权力话语对两性身体的操控。这是性别视域下的身体政治学。所以，文学作品中的性描写和性叙事，从来都不仅仅是迎合大众口味的噱头，它本身具有深厚的文化意味，集中反映着婚恋关系的权力状态。在这一章里，本书将聚焦 1990 年代女性小说中的性描写和性叙事，从"性"——这一男女的物质因子出发来扫描 1990 年代女性小说笔下的婚恋关系，主要考察男权意识和传统文化强加在女性身上的性禁忌是如何在女作家笔下被解构的，在时代精神和女性意识下，女性作家赋予身体或性怎样的理性精神，这种理性精神和社会的现代化进程是否相适应，这种理性精神与人本主义的道德伦理之间是否存在悖论？另外，在婚恋关系中，性和爱、婚姻呈现为怎样的一种关系，这种关系说明了什么？最后，本章还从女性写作策略的角度思考女性作家的"性"写作，是如何利用商业，又是如何被商业利用的，这种利用和被利用，体现了怎样的两性权力关系的博弈？

第一节　具有启蒙意义的身体

一　女性身体启蒙话语

福柯对启蒙的理解就是将启蒙看作一种"态度"："我指的是一种与现时性发生关联的模式，一种由某些人做出的自愿选择，总之，是一种思考、感觉乃至行为举止的方式，它处处体现出某种归属关系，并将自身表现为一项任务。无疑，它有点像是希腊人所说的精神气质（ethos）。因此我认为，对我们来说，更有启示意义的不是致力于将'现代'与'前现代'或'后现代'区分开来，而是努力探明现代性的态度如何自其形成伊始就处于与各种'反现代性'态度的争战之中。"①

"女性身体启蒙话语"，是指女性从传统的身体禁忌话语中解脱出来，从传统的女性为男性无条件的守贞洁的语境中脱离出来，在现代性话语体系中，以人性为基础，以性别平等为参照，自觉自愿地履行自己的身体权利，并实现身体的自我管理。

从历史来看，中国的"性"和"性别"问题的现代启蒙几乎是同时发生的，而发起者都是被现代文明武装的男性文化先知。周作人在《新青年》杂志分别发表了《贞操论》和《人的文学》，前一篇文章使得"性"的传统禁忌被打破，"打开了中国现代性话语的大门，并且使性爱问题成为中国现代启蒙最重要的原动力之一"②。后一篇文章，则是从现代伦理的角度，主张"两性的平等"，要求文学作品能够表现出具有两性平等意识的男女恋爱问题，这应该算是倡导"性别"平等最早的文章之一。也是在现代性话语的启蒙之下，中国现代小说作家雨后春笋般地创作了大量表现男女性爱问题的小说，如郁达夫、郭沫若、张资平等人，这些作品与晚清的鸳鸯蝴蝶派从性爱伦理到写作技巧都大为不同，可以说，文学成为性爱

---

① 福柯：《福柯集》，李康译，上海远东出版社，2003，第528页。
② 徐仲佳：《论中国小说现代性流变与性爱问题的关系》，见徐仲佳《中国现代性爱叙事论集》，中国社会科学出版社，2012，第42页。

启蒙最强有力的阵地。中国的女性运动也是从五四新文化运动以后才全面展开的，当时从五四新文化运动背景中引发出来的这次女性运动，是在"人权、平等、民主"现代理念下应运而生的。然而，关于女性的启蒙，从开始就是不彻底的，个中原因，很重要的是这次运动是由男性发起的，男性潜在的主体意识和男权集体无意识，对这次从文化到社会的女性运动都产生了深刻的影响，男性主导的女性启蒙说到底，是"人"的觉醒，而非"女人"的觉醒，深层文化结构里的身体性别次序依然没有消除。这种不彻底的性别启蒙和性启蒙也深深地影响了现代文学中的女性文学，那就是现代女性文学中"双重文本"的出现：一方面女性想表达"为女的自觉"；另一方面，却不能逃脱那个时代"男性话语"的束缚，女性"性"觉醒的声音是很微弱的。①

在之后的女性文学书写中，这种"为女的自觉"的性别话语被革命话语取代，女性作家转向革命宏大叙事和家国情怀表达。这个时间段很长，应该是从 1930 年代一直到 1970 年代末，差不多半个世纪的时间，女性的性别启蒙话语被革命话语所取代。因此，真正的女性自为的性启蒙，一直没有完成。因为要完成女性性别的启蒙，必须有两个条件：一是由女性发起，二是声势很大，有社会影响力。这两个条件的实现，应该是在 1980 年代末开始，1990 年代达到高潮的。

在当代文学的"十七年"中，"性"是禁忌话语，这与那个时代的权力话语的制约有着直接的关系。当代文学中真正突破性禁忌的应是 1985 年，这一年张贤亮的作品《男人的一半是女人》出版，比较开放地写到了女人鲜活的肉体和男女的性爱场面。但是张贤亮对性的表现，也只是圈定在婚姻之中，并把章永璘性能力的恢复与知识分子的政治地位的恢复互为表征地呈现出来，小说的性叙事既没有突破传统伦理，也没有脱离主流政治话语，这个作品总体是符合主流文化导向的。1986 年，王安忆的《小城之恋》是真正具有颠覆主流文化意义的小说，这部小说对性的表现具有先

---

① 徐仲佳：《性觉醒与中国现代女性文学的兴起》，见徐仲佳《中国现代性爱叙事论集》，中国社会科学出版社，2012，第 63~78 页。

锋意义，它"抽空了时代内涵，专门讨论人类性欲的本质属性"①。继《小城之恋》后，她又写了《荒山之恋》，以及之后的《岗上的世纪》，把性的问题推到极致，"性"被当作具有本质意义的人性，它是一种欲望，具有反理性的特征，这种写作是对长期禁欲主义的主流文化的反拨，王安忆作为女性作家，是在先锋思潮的引领下进行创作的，也是一次在"性"的问题上的启蒙，是一种人性和人类普遍性的话语启蒙。随后，先锋作家群崛起，他们的小说在对性的问题上表现出格外的关注，对待性的价值理念与王安忆路数相似，另外，因为先锋作家群男性作家居多，从女性的角度开展起来的身体启蒙并没有真正展开。

女性的性启蒙，是一项女性在走向现代化进程中需要完成的工作。继续这项未完成的任务，应该是 1990 年代的女性写作。陈染、林白、海男等女性主义作家在 1980 年代末已经开始活跃在文坛上，但这个时候的创作不丰，而且并未表现"性"书写的人文精神，她们"身体写作"的黄金时期是在 1990 年代，也是在这个时期，她们开始了现代女性文学并未彻底完成的女性的身体启蒙的工作。

陈染 1994 年写了中篇小说《破开》，小说开头写着"谨献给女人"的字样。小说讲述两个情谊甚笃的知识女性一起旅游，并商议与有共同志向的知识女性建立女性组织，这个组织的名字最后命名为"破开"。小说中的陨楠和"我"都认为，这是一个具有启蒙和革命意义的名字，远远比有人提议的"第二性"要强得多。"破开"从名字上来理解，主要是针对传统意义上对女性贞洁要求提出来的，"破开"的是女性的肉体，更是传统男权文化对女人的性禁忌，名字带着明显的女性性解放意味。而实际上，陈染的"私人写作"在 1990 年代影响力之大，大到如文坛的一枚炸弹，引起众多文坛学者的关注。

陈染写于 1995 年的《私人生活》，是女性文学"身体写作"具有里程碑意义的代表作。小说以第一人称"我"的方式叙写了一部女性的身体成长经验史。女孩拗拗从小就有敏感的身体意识，给她的胳膊腿分别取了不

---

① 徐仲佳：《性描写的意义论纲：从新时期到世纪末》，见徐仲佳《中国现代性爱叙事论集》，中国社会科学出版社，2012，第 123 页。

同的名字。小说很细致地描写了女孩拗拗与 T 老师的交往过程。T 是她的老师，在她从小学到中学的成长中，一直扮演着负面的角色，处处刁难她，"多年来我们就一直浸泡在一种摩擦、对立甚至敌视的关系中"。当拗拗考上大学，摆脱了跟他的师生关系之后，他却"衣冠楚楚地站立在她家门前，手捧一束鲜花，炯炯发亮的眼睛透出一种迷乱，脸上努力堆起僵硬的微笑"①。在之后的一次远游中，T 老师情不自禁地想和拗拗发生身体关系。T 老师对拗拗的身体产生了强烈的渴求，并用他男人的力量主动地索取着这种渴求，而拗拗作为这种情欲的被动接受者，一直用自己的理性和意志进行反抗，T 老师还是以他的情欲和体力摧毁了一个女孩对他的抵抗。对于拗拗来说，在这场不彻底的性行为中，身体的接触和情欲的展露让女孩的身体欲望苏醒。这就为二人下一次彻底的身体欲望行为做了铺垫。

第二次 T 老师在乡下找到了藏匿着的拗拗，在山洞里的"欢喜图"的刺激下，更是在男人的柔情催化下，女孩的意志完全坍塌，欲望让她主动用身体迎合男人，并鼓励了男人的情欲，小说较为细致地描写了二人的身体行为："她只是感到自己身上的某一种欲望被唤起，她想在这个男人身上找到那神秘的、从未彻底经验过的快感，她更喜欢的是那一种快感而不是眼前这个人。"② 二人的身体终于相遇了，结合了。

认真分析一下整个性过程中女孩对 T 老师的态度会发现，女孩对 T 老师的拒绝来自对他的敌意，就是在理性上不能接受这个曾经给她制造麻烦的男人。但是，T 老师对女孩的爱以及欲望，唤醒了女孩的性欲望，这种欲望战胜了理性，让两个不相爱的身体结合在了一起。这实质上是成年男性对女孩的"诱奸"过程。叙述者"我"，女孩拗拗，从理智上被动抵抗到身体主动迎合，是性欲被唤起的过程，但是这种结合却是叙述者"我"——拗拗理智上不能认可的。他们的这次身体行为，叙述者改变了第一人称"我"的叙述方式，而是采用了第三者的叙述眼光，叙述者与身体行为中的"她"发生了分离，这种分离很显然代表着作为被欲望主宰的身体行为者与作为思想和灵魂叙述者的"我"的不一致。在这次身体行为中，拗拗是被异化的人，也正因为如此，叙述者否定了她和 T 老师的这次

---

① 陈染：《私人生活》，作家出版社，2000，第 39 页。
② 陈染：《私人生活》，第 45 页。

行为。小说叙述者"我"反省："我由此想到，这个世界是通过欲望控制我们的，当我们走过很长的道路之后才幡然醒悟，只是这时我们已经为此付出了代价。"①

由此可见，单纯地建立在性快感或者说建立在性欲望基础上的男女身体关系，是陈染所否定的。陈染把男老师对女学生的"诱奸"过程，以女孩的私人经验的方式大胆地表现出来，这在当时女性文坛上是很少见的，读者们听过这样的民间新闻，也听过一些坊间传闻，但是，像陈染这样，以女性生命体验真实地表达女性身体的声音，是很陌生化的，具有震动效应。陈染身体写作的人文精神体现在，她对没有爱情的身体欲望持批判态度。这一点还反映在她同篇小说的另一类型的性经验描写中。

结束了与 T 老师的交往之后，拗拗在大学里结识了一个大男孩，并且与之发生了身体关系。在一次开车的郊游中，"我"与尹楠有了一些身体的交流，这种交流是愉快又羞涩含蓄的。而"我"跟尹楠的真正的一次，也是最深刻的一次，是在尹楠马上要去欧洲之前，在这次身体交流中，"我"完全成了一个性的引领者，他则变成了一个"生病的乖男孩儿，不知所措"。小说细致地描写了这次以爱引领的身体行为的美妙和激动。之后，叙述者"我"表达着对这次身体交融的怀念，认为她跟尹楠在即将分别之际的相互身体的给予是"人类关系中最为动人的结束"。而这一次的两性身体交融方式，才是作家陈染认为最为美好的人类之爱。

小说摈弃了传统文化关于女性身体所有被束缚和遮蔽的伦理，大胆细腻地描写了一个女孩的身体经验史，特别是一个女孩的性史。这种视角是具有创新性的，必然引起文坛的轩然大波。1996 年，发表《私人生活》的花城杂志社和作家出版社联合召开了作品讨论会，与会者对这个作品都寄予了很高的评价，称这个作品"应该会是中国女性主义的经典文本"②。《私人生活》《一个人的战争》单行本的发行量都居 1990 年代文学作品的前列。而《小说评论》这样的权威文学研究杂志，也给陈染小说开过研究专辑。影响力是不言而喻的，正是这种阅读量和影响力，使得女性身体启

① 陈染：《私人生活》，作家出版社，2000，第 45 页。
② 《本刊与作家出版社在京联合召开陈染长篇小说〈私人生活〉研讨会》，《花城》1996 年第 2 期。

蒙成为可能。1960 年代，法国作家埃莱娜·西苏在《美杜莎的笑声》中，呼吁女性作家用身体来写作，写出男性历史中没有的女人之声。① 这种呼吁正是女性的身体启蒙精神，通过女性身体的写作，让女性的身体发出震耳欲聋之音，以此唤醒大众（男性和女性），解放长久以来对女性身体的束缚，敞开女性身体失声的状态，重新建构女性身体伦理。

在建构女性身体伦理上，陈染借着她的作品，依然给了读者很多思考。她的中篇小说《与往事干杯》《另一只耳朵的敲击声》《沉默的左乳》等作品，用女性的身体经验表达对女性生存的思考。在两性关系叙事中，突出有爱之性与无爱之性对女性造成的不同生存体验，前者是和谐美好的，后者则是令人感到虚无的。对于只是为了满足身体之欲望的性，作者陈染总是以"沉默""欺骗"等否定性字眼表达着批判态度，或者可以这么说，以追求身体快感为目的的性行为，成为她的"身体写作"批判的主要目标之一。这种对于"性"的态度带着明显的人文色彩，这正是女性主义写作者与"70 后"女性写作者在对待性问题上的区别之处。也正是在这个意义上，陈染的小说在现代性话语中积极建构着女性身体伦理，兼有性别启蒙和性启蒙的双重意义。

同时参与这场性启蒙写作的还有林白。她的代表作《一个人的战争》的影响力不亚于《私人生活》。如果说陈染是在男女两性的身体经验中，揭开女性身体的秘密，并达到女性性启蒙的意义，那么，林白《一个人的战争》则是以女性一个人的身体史揭开了女性的性经验史。小说一开始就描写了五岁的女孩多米的自慰行为："那是一种经常性的欲望，甚至在夏天漫长的中午，不放蚊帐，床与床之间没有遮拦，阿姨的目光一览无余，我要耐心等到大家就睡着，最后那个阿姨也去睡了，我才能放心开始我的动作。"② 而后，她又揭露了不同于男性文本中的女性的初夜、遭遇强奸等行为。她的初夜是在一次大学的旅游途中发生的。一个帅气的已婚男人骗取了她的初夜，但是林白在描写这次初夜时，并没有因为失去贞操而有无法面见世人的羞耻感，相反，她不以为然地原谅了这个欺骗她的男人，甚

---

① 埃莱娜·西苏：《美杜莎的笑声》，见张京媛编《当代女性主义文学批评》，北京大学出版社，1992，第 138 页。

② 林白：《一个人的战争》，春风文艺出版社，2006，第 2 页。

至当这个男人的妻子来找她的时候，她竟然表现出不关我事的局外人态度。启蒙精神就在这里，即写作者在叙事中表现出来的语调，这个语调才是影响读者，特别是女性读者开放看待性问题的关键所在。在遭遇强奸的桥段里，大学生多米在学校附近的山腰上，遇到了一个少年，少年似乎要对她发生强奸行为，但结果是二人因为没有性经验而强奸未遂，更有趣的是，他们二人最后成了朋友。这是多么具有颠覆性的文学叙事。

关于中国社会是否发生过如西方社会在 1960 年代、1970 年代的"性革命"，中国社会学界是有不同的声音的。但是，学术界普遍承认，中国从 1980 年代末开始，"性"禁锢的传统在打破，按照李银河女士 21 世纪初期的推断，中国社会的"性革命"从 1990 年代开始，21 世纪之初还正在进行中（从目前的情况来看，这一趋势呈收缩迹象）。从文学的角度看，在 1980 年代中后期，中国文学领域就掀起了性启蒙叙事。而 1990 年代的女性"私人写作"或叫"身体写作"的文学思潮，一方面继续着早在五四时期就开始，但没有进行到底的女性的现代性进程，这种现代性表现为女性身体的解放，在"性"问题上表现为与男性的平权，正如张抗抗所说：

> 我想，女性文学有一个重要内涵，就是不能忽略或无视女性的性心理。如果女性文学不敢正视或涉及这点，就说明社会尚未具备女性文学产生的客观条件，女性亦未认识到女性性心理在美学和人文意义上的价值。假若女作家不能彻底抛弃封建观念残留于意识中的"性＝丑"说，我们便永远无法走出女人在高喊解放的同时又闭紧闺门，追求爱情却否认性爱的怪圈。①

另一方面，这种女性的独特声音的发出，是一种偏离中心的边缘话语，与中心话语疏离，这又是一种带着后现代景象的"女性主义"写作。由此推断，中国 1990 年代的女性写作是一个复杂的文化形态。它既带着现代性的因子，也受到西方后现代女权理论的影响。如果说 1990 年代的女性写作在一定意义上实现了女性性启蒙的作用属于一种文化行为，那么，把

---

① 张抗抗、刘慧英：《关于"女性文学"的对话》，《文艺评论》1990 年第 5 期。

"性"作为一种破坏力量，对传统的男权文化进行颠覆，则体现了女性文学的后现代性质。

二　身体的革命性

康德认为启蒙是这样的一件事情："启蒙运动就是人类脱离自己所加之于自己的不成熟状态，不成熟状态就是不经别人的引导，就对运用自己的理智无能为力。当其原因不在于缺乏理智，而在于不经别人的引导就缺乏勇气与决心去加以运用时，那么这种不成熟状态就是自己所加之于自己的了。"[1] 按照康德的理解，启蒙运动往往体现出一种革命精神，启蒙的结果造成实践主体的行为发生改变，从而影响社会的变动。但是，启蒙和革命又有不同，启蒙主要体现在文化和思想领域，是一种温和的亲近和融化，而革命则带着颠覆和对抗的意味，主要体现在社会实践领域。李泽厚和刘再复合著的《告别革命》，就提出"革命"是激进主义和情绪化的，与福柯所说的启蒙是一种"态度"还是有所差别的。性的革命性是指什么？启蒙的另一面就是革命，女性以性自由的态度对待自己的身体，坚持女性身体主体意识，以此颠覆男权意识主导的传统性伦理，实现女性和男性在"身体"资源上的平等关系，这对于两性关系具有革命性意义，历史证明女性身体的解放，深刻影响了婚恋关系的发展，使得男女之间的主流交往模式从传统的婚姻形式，过渡到性和爱的模式。

如果追溯身体的革命性谱系，可以从茅盾作品中的现代女性中找到源头。茅盾早期思想认为，社会的现代性之路需要完成两个方面的革命，既有来自个体的以性爱为核心的深层价值伦理结构的调整，也需要社会制度的现代性调整，在公平和正义理念之下逐渐实现人类的平等。因此，茅盾理解的性的革命性意义是和中国的现代性之路联系在一起的。更重要的是，在茅盾看来，性的革命性最有力的体现是女性。所以，茅盾早期小说多把革命与现代女性放在一起，如《蚀》三部曲里面的女性孙舞阳、章秋柳等，这些女性基本上都是性观念开放的革命女性，她们和所有被现代性

---

[1]　康德：《历史理性批判文集》，何兆武译，商务印书馆，1991，第 22 页。

理念启蒙过的人一样，在 1920 年代找不到人生的方向，感到彷徨迷茫，于是以性的放纵来游戏人生，甚至是玩弄男性，这正是来自私人领域的一种叛逆和革命精神，一旦她们被社会的革命力量所引导，寻找到自认为正确的社会进步之路，便积极投入，从私人领域的叛逆转变为社会公共领域的革命力量。茅盾把现代女性的身体革命与社会革命同时在其作品中表现，来思考时代精神，是看到了私人领域的现代性和社会生活的现代性具有同等重要的意义。但是后来中国的历史进入了社会革命风起云涌的阶段，私人身体话语被社会革命话语规避，虽然在 1930 年代，女性身体话语在新感觉派那里有所复苏，但男性作家对女性身体的想象总是脱离不掉男权的集体无意识。1940 年代的张爱玲对女性的个体生活书写细腻而深刻，但是，她对人物"个性"的兴趣远远超过了对"性别"的思考，总体而言，她笔下的女性在男权社会是委婉而顺从的，包括性的态度，也是以传统性伦理来约束着自己。《倾城之恋》中的白流苏，正是借着传统性伦理对女性身体的约束，掩盖她想获得范柳原婚姻允诺的生存焦虑。这篇小说虽然关涉性与女性生存的问题，但是，白流苏通过"性悬置"以获得范柳原这个靠山，与 1990 年代文学中表现的女性身体和男权赤裸裸的交换比起来，显然要婉转得多。1990 年代女性书写和张爱玲的不同，正是女性性启蒙带来的结果。

在 1990 年代的女性小说中，"性"作为一种革命力量，颠覆男权文化，表现出女性主义的"革命精神"。革命意味着冲突和斗争，甚至可能发生暴力，这是启蒙与革命的不同。从这种对待性别问题的态度和情绪，将启蒙和革命的问题区分出来，是为了区别女性作家在对待性别问题上的态度立场。

林白被文学评论界冠以"女性主义"，她个人虽然不太认可这种定位，但是在她作品中表现出来的强烈的女性意识是不可否认的。除了作品中鲜明的性别意识所表现出的强烈的身体启蒙精神，在她的作品中，还有些作品带着"性革命"的意味，这些作品表现出两性激烈的对抗，而对抗的结果是以暴力形式解决冲突。林白最具颠覆性的作品，应该是她的中篇小说《致命的飞翔》，小说有两条线索，一条是"我"与登陆的故事；另一条线索是女孩北诺的故事，女孩北诺想换一份工作，但是需要一个秃顶的主任签字的表格，为了能够获得这个工作机会，北诺决定通过"身体"换取这张表格，于是她精心打扮自己只身赴约，但是，这个秃顶的主任却是个性无能者，第一次跟北诺发生身体关系，匆匆了事后，便因公事离开，之后，再次与北诺发生身体关系，又因为服用药物，对北诺实行性暴力，与此同时，并没有履行北诺与之进行的性与权利交换的潜规则。愤怒的北诺终于不堪其辱，在最后一次赴约后，将这个掌握权力但又践踏女性的男人杀死了。在这里，北诺的"性"具有革命意义，这种革命意义就在于，在个人主义价值观流行的现代社会，她自觉地用身体换取个体生存的权利，并以具有强烈性的主体精神对待自己的身体和个体性行为，当发现自己的性价值被男性践踏的时候，她表现了用生命去反抗的个人英雄主义，直至男女双方两败俱伤。在北诺这个女人身上，既可以看出她对待"性"（自我身体）的工具理性精神，更可以看出她对待男性的工具理性精神。需要质疑的是，这种将自我和对象都客体化以实现个体社会性欲望，并满足个体身体欲望的价值伦理，是值得同情和肯定的吗？男性和女性在这个问题上都将对方视为实现个体欲望的工具，并在强烈的主体意识之下，将对方视为仇敌，直到以你死我活的方式解决矛盾冲突，这其实正是现代性伦理的致命弱点。这篇小说的意义并非在于女性"以暴制暴"的性别革命方式，而在于提出了这样的一个性别问题：在一个女性生存权被男性掌控的现代社会中，女性应该以怎样的方式获得个体的生存权？男性在掌控更多权力的时候，应该以怎样的道德精神去对待女性的生存问题？这是一个性别伦理问题，也是现代社会伦理重建的问题。这个问题产生的前提是性别权力的不平衡。在小说讲述的事件中，谁对事件本身负有更大的道德责任？是拥有更大权力的男性。

池莉小说《云破处》的意义也在于"性"的革命性。20 世纪 60 年代，金祥作为一个地道的农民，向 135 保密工厂工作人员吃的鱼汤里投毒，毒死了曾善美的父母。曾善美成为孤儿后，寄居在姨妈家中，但是却遭到了姨夫和表哥二人长达数年的强奸。在曾善美 24 岁的时候，经介绍与金祥成亲，金祥顽固的处女情结不得不让曾善美在新婚之夜用计掩盖了自己有性经验的历史。但是在一次同学聚会后，曾善美对金祥小时候所做的事情有所耳闻。由此二人展开了心理和现实的斗争，也都慢慢揭开各自隐藏的面纱。金祥根深蒂固的男权意识让他不能接受曾善美非处女的事实，并以被欺骗之后的仇恨和报复心态对曾善美进行丧心病狂的性暴力；而带着家仇并遭受家暴的曾善美忍无可忍，通过"以暴制暴"的方式手刃了金祥，曾善美杀死金祥，有来自对方性暴力的愤怒，更有着金祥对她和她的家庭的巨大伤害。从金祥这个人的品行来看，他作为一个男人对女人的强烈的身体控制欲，他的暴力倾向，他不知忏悔的人性，这一切，都足以逼迫一个深受其苦的女人以最极端的方式进行报复。池莉的深刻之处在于不光聚焦男性对女性的性暴力和性独裁，更从人性的角度彻底否定了金祥生之为人的资格。也因此，作者在结尾处，并没有让曾善美因为杀死金祥而受到法律的制裁，这实际上肯定了曾善美杀死金祥的合理性。这个作品让人联想起台湾女作家李昂的小说《杀夫》，也是一个身心受到长期迫害的弱女子杀死丈夫的故事，在呈现男性对女性肆无忌惮的性暴力上，《杀夫》比《云破处》有过之而无不及。和前文讲述的社会领域中的性别对抗不同，《云破处》和《杀夫》是写亲密关系中丈夫对妻子身体的压榨和控制，对妻子实施性暴力，其身体革命的意义更加深刻。有谁会想到，人世间最亲密的夫妻之间会发生凶案。"杀夫"的故事原型在女性文学中被重复书写，有着强烈的女性主义意味，那就是男权文化在家庭领域的畸形发展，必然造成女性身体的反抗，通过"以暴制暴"的方式完成身体上的革命。

在《性政治》中，凯特·米利特把"性革命"的目标定为"建立一种宽容的、允许性自由的单一标准，一种未被传统的性联姻带来的粗俗而有剥削性质的经济基础腐坏的标准"①，这是在强调作为肉体层面的"sex"应该摆脱因为经济因素而造成的性别上的双标，在传统社会中，因为男性掌控着社会生产的经济基础，造成了男性对女性的性控制。但是在现代社会，随着女性可以相对自由地参与社会生产，强加在女性身上的性禁忌也将日渐消失，在"sex"的问题上实现解放。"性革命的主要目的是结束男权制，废除大男子主义思想和带有大男子主义思想的地位、角色和气质的传统的社会化方式。"这是从性别的角度来说"性革命"的目标，即从性别的等级制中解放出来，实现性别上的平等，这种

---

① 凯特·米利特：《性政治》，宋文伟译，江苏人民出版社，2000，第82页。

平等的核心是对大男子主义思想流行的传统社会的思想改造。关于如何实现"性革命"的目标，凯特·米利特特别强调："人们必须明白，性革命的领域更主要的是人类的思想意识，而不是人类的制度。"关于她最后一点的强调，则是完成"性革命"和实现性别上的真正平等的现实主义态度，理想状态的性别平等是难于实现的，她将"性革命"定位在"思想革命"的程度，带着性启蒙的意味。

第二节　性与爱的错位

性与爱的不同就在于爱是一种精神活动，而"性"不是必然的非与爱发生关系的，它更具有形而下的意义。在古代，性的合法地位被圈定在宗法制家庭的传宗接代功能上。而进入现代社会，理想的性行为，并不必然与婚姻联系，它更多的是和爱情联系在一起，有了爱情的男女之间，可以两情相悦的发生性关系。在上一章里，我们已经论述了在 1990 年代的女性小说中，这种灵肉合一的爱情的美好，以及美好的短暂。实际上，性的多重意义是伴随着人类的文明史不断演变的。在这一章中，我们挖掘的是性在 1990 年代女性小说文本中，被赋予的另外功能和文化意义。"性"被言说，却在爱情之外，与 1990 年代特殊的文化语境发生着互文性的联系。

一　被征用的身体

"性"的工具性是人类最早的特征之一，即具有传宗接代的功能。但是，"性"作为人类的一种本能属性，又使得"性"成为一种人类的需求，有需要就会有交换。"性"的商业功能从古至今一直就没有消失，而在一个传统的男权社会中，女人的"性"或者身体成为被男性买卖的商品。女性在 1990 年代的市场经济中，扮演着多重角色，一方面，她们主体精神很强地积极参与社会的角逐，实现个体价值，成为资本的拥有者；但另一方面，男权的社会现实又让她们在社会交往中，处于被动地位，往往物化为工具。从总体上来看，女性就是这样在主体和客体的交替运动中实现着自我的螺旋式上升。

在 1990 年代，《布老虎丛书》是春风文艺出版社策划出版的比较成功的一套书，兼有思想性和可读性双重特征，成为 1990 年代的畅销书。赵玫的《朗园》是《布老虎丛书》最早推出的作品。朗园是 20 世纪初中国一个银行资本家修建的一栋气宇轩昂的宅院，从某种程度上说，入住郎园是身份高贵的象征。随着社会的风云变迁，朗园的主人发生了变化。赵玫试图从朗园主人的变迁来反映整个 20 世纪的社会变迁。在 1990 年代，住在朗园的肖家，算下来应该是共和国的第二代朗园主人，开始了重组资本的社会实践。肖小阳和萍萍这对同父异母的兄妹参与了这次原始资本积累的活动。肖小阳利用了父亲和哥哥的权势，又利用了妹妹萍萍的身体，来实现自己的资本运作野心。萍萍是个年轻美丽的女人，在资本的原始积累阶段，牺牲了自己的身体。她和肖小阳的大阳公司的出资者是美国老板小 S 森，这个美国男人能够出资，主要是看上了萍萍，而萍萍为了能获得他的投资，在肖小阳的鼓动下，不惜投怀送抱，搭上自己青春曼妙的身体。萍萍作为公司的总经理，曾经跟她的手下，男人杨有这么一段对话：

> 杨："你以肉体为代价的这种自我牺牲精神真值得佩服。你就像圣女贞德一样，为公司带来了光明。"
>
> 萍："就算我是妓女，但是我用我的身体为你平铺了获取成功的道路。"①

这段对话是深刻的，在男权围困的时代，女性借助"身体"来实现资本原始积累，这既是女性主体意识的体现，又反映出男权时代女性身体尴尬的客体地位，带着些悲壮和阴暗，正是看到了女性地位的这种不可避免性，后女权主义者在面对女性的物化地位和客体身份时，给予了无可奈何的宽容，因为她们知道，要实现真正的性别平等，是需要长期曲折的

---

① 赵玫：《朗园》，春风文艺出版社，2010，第 202 页。

过程。

林白在 1990 年代有一个中篇小说《瓶中之水》，小说主人公二帕是个从县城走进大都市的姑娘，她瘦弱、无助，但是又满怀着想成名成家的社会欲望，在一个孤立无缘的都市，她如何实现个人的梦想？二帕认识了一个已婚男性，文化人老律，为了能让老律帮助自己，她硬生生的和这个男人睡觉，以此换取老律对她事业上的帮助。确实在老律的帮助下，二帕成功举办了个人的服装设计展。二帕虽然不像萍萍那样是为了筹集资本而委身美国老板，但是毕竟也是为了个人目的而把"身体"作为交换之物从男人那里换取帮助。在这里，性再次被女性个人所征用，成为实现个人目的的一种手段或者物化为一种工具，而失去了"性"本该具有的人文精神，即和爱相生相伴的灵肉一体地交融。林白的短篇小说《猫的激情年代》具有同样的意义，只是林白的叙事更具有革命精神。小说中的"我"下岗了，是被车间主任（男性）指定下岗，"我"因此失去了工作，我的好友"猫"，妖媚勇敢，她诡异地向"我"承诺，她要让车间主任恢复"我"的工作。猫妖艳地单枪匹马去找车间主任，企图通过用性来换回我工作的机会，但结果却并未成功。

王安忆表现亲密关系总是能够实现情与理的平衡，她在传统理念和现代理性中让人物关系最终获得一种平衡，带着点人间烟火气，又带着点超凡脱俗性。《香港的情与爱》就是这样的一个作品。内地姑娘逢佳在香港依附富商老魏的两年里，不断充实和完善自我，在 35 岁生日的时候，竟然以一袭紫色的裙装一改过去的庸俗，显出高贵气质来。小说并没有站在道德立场上批判逢佳的行为，在二人不对等的男女关系中，老魏这个拥有强大资本的男人，以中国人传统的"情义"，实现了对逢佳的承诺，而并不是以权力为武器，对逢佳这个弱女子实施剥削。在这里我们不能把老魏的善举仅仅理解为个体的仁慈之心，在这一场双赢的男女交往模式中，是两个具有主体精神的人的理性的胜利。归根到底，两性的交往必然体现互为主体的原则，在协商和平等的基础上，实现两性的和谐。

还好，以上小说中的女性都是有着比较清醒的自我认知的，她们知道自己的目标，并通过自我对"性"的征用，从男人那里获得资本或权利，实现自我目标。更重要的是，这些女性在实现自我目标之后，会明智地与男人解除身体关系，从而实现主体性的自由状态。实际上，并不是每个女人在征用了"性"之后，都能实现主体性。林白在 1995 年创作了长篇小说《说吧，房间》，在这个作品中，塑造了一个叫南红的女人，这个从深圳来到北京的女人，不断地更换男友，而每次男友的更换也给她带来工作的更换。也就是说，男性朋友是给她带来生存资源的手段，而她对男友的获得，也必然牺牲掉个人的身体，即通过"性"的征用来从男性那里换取个体的生存机会。然而，这个女人最终并没有摆脱男人对她身体的伤害，她最后死于盆腔炎，这是她长期不珍爱自己的身体而造成的恶果。在南红的一生中，她的自由意志从来没有实现过，她曾经有一个去南非的美好梦想，然而直到她死去，都未实现。细数她和不同男人交往的短暂生命，不能说她仅仅是为了从男人那里获得生存上的帮助，这中间也一定有情感的成分，然而，当看到她一次次因为男人而遭受折磨，流产、妇科病、一次次的遇人不淑、被男人伤害后的抛弃，作家批判男权中心的力度就凸显出来：男权社会对女性身心的伤害是巨大的。南红不像以上作品中的女性，在实现个体欲望后迅速地解除和男性的身体关系，如果说我们在以上女性中看到了女性从对性的征用，再到实现女性主体性的否定式上升的话，在《说吧，房间》里，我们看到的是一个弱女子如何被社会强权毁灭，而南红也从未用个体理性和生存意志战胜过这个围困她对她充满恶意的男权社会。

从女性的身体写作中，我们看到了两点事实：第一，在一个物质化的商品社会，女性从未这么自觉地使用自己的身体，来换取社会资源，获得社会性欲望的满足，提升个人主体性；第二，当今社会依然是一个男权的社会，女性的身体依然是男性的欲望客体，女性在征用身体的同时，也遭受着男性对女性心灵的伤害，这种伤害有时是毁灭性的，既毁灭了女性的身体，也毁灭了女性的灵魂。因此，这种女性通过身体征用而实现主体性提升的方式，并不符合基本的"善"的伦理标准。

二　多边恋（性）和快感性

在对待性的态度上，有两种不同的观点。弗洛伊德认为，性本身是非理性的，它具有破坏性，所以，弗洛伊德认为必须对力比多进行理性控制，或者将力比多升华为一种高级的情感，才能防止性造成的破坏。另一位性学大师赖希则认为性本身没有善恶，关键在于用它的是善还是恶。① 性与爱联合在一起的时候是美好的，性的单独出现，或者性没有受到人类的社会伦理的规范，而只是出于单纯的动物性快感而被征用，那么，这种不带有人文精神的性，也往往会给人带来道德上的罪恶感，失去性之为人的意义。

关于性的这一个特征，我们可以从万方的一个中篇小说《珍禽异兽》中来体味。小说的主人公师丽丽，她和季曙光原来是舞蹈学院的同学，青梅竹马，在她十三四岁的时候，为季曙光流过产。即使如此，师丽丽依旧恬静执着，为心爱的人织毛衣，温柔恬静如处子，心中有爱会让人变得美好。直到有一天，已经成为歌手的季曙光，爱上另一位优雅女性邢瑶，与师丽丽分手。师丽丽在经历了这次感情打击之后，再也不相信人间真爱，在身体问题上变得放荡不羁，以此表达她对世界的怀疑和抗议。小说叙述者"我"，陈聪明，曾目睹她跟不同的男性很随意地发生性关系，而且，当"我"与师丽丽发生性关系后，很快发现她又与一个 40 多岁的澳大利亚籍的中国富商李查德在宾馆同居。这着实伤害了我："我正在被浇铸，成为一个冷酷无情的硬汉，一个时代之子。"② 由此看来，无爱之性，会多么有力地摧毁人性中的温柔和仁爱，而助长人性中的坚硬和冷酷，变得更加兽性。师丽丽最后的结局也再次证明了爱和性的分离对人的精神面貌和行为所带来的巨大不同。李查德不但用物质和金钱收买师丽丽的心，甚至让她做了美容公司的董事长。然而，她并没有割舍对季曙光的爱。当她发现有机会报复季曙光的现任女友邢瑶的时候，她是不遗余力的。她唆使李查德追求邢瑶，让二人双飞香港。而师丽丽向季曙光摊牌，并提出重归于好的想法，遭到季曙光的愤怒拒绝。师丽丽在酒醉后开车，发生车祸身亡。如果从时代的角度来说，师丽丽的死去，如一位参加师丽丽葬礼的人说的："经济的发展需要付出代价，牺牲一些漂亮的女性。"从性和爱的关

---

① 陈学明：《爱情、爱欲与性欲——评"西方马克思主义"性伦理学》，《江苏行政学院学报》2004 年第 6 期。

② 万方：《珍禽异兽》，《收获》1993 年第 3 期。

系来看，性和爱如果错位了，性本身往往带着巨大的伤害性和破坏性，它使人趋于动物性。但如果性与爱能够结合，哪怕这种结合不是很完美，性也可以在两性的交往中达成善意的双赢。

1990 年代末期，个人性话语和非道德性的叙事成为一种气象，特别是 1990 年代末期的女性小说创作，有明显的非道德化身体叙事倾向。如果说中国社会的性启蒙是从陈染、林白等人的女性书写开始的，那么，"70 后"的女性作家群体，她们对待性的态度则失去了先锋意义，更多地带着断裂和解构的意味，带着后现代的狂欢精神。

其实，早在陈染、林白的作品中，已经开始表现无爱之性。比如在陈染小说《另一只耳朵的敲击声》中，黛二与年轻男人"大树枝"的关系，就是追求纯粹的生理快感，满足彼此的性需要，可能"大树枝"对黛二有情感需求，但是黛二的心却不知在何处，不可捉摸。黛二是一个虚无主义者，用感官的享乐抵制对世界的绝望，而抵御的结果却是更加绝望。1990 年代末的很多文学作品中会有所谓的"世纪末情结"，实际上是一种颓废情绪，人开始失去灵魂，或者灵魂无处安放，灵魂躲在身体的最深处，冷眼观看肉体的狂欢。身体最终不胜其轻，让灵魂感到绝望。男人和女人的婚恋关系也表现在彼此寻求肉体的快感而灵魂被抹去；也会遭遇呼唤灵魂的一方被躲避灵魂的另一方伤害，继而释然，最终安于身体关系。

我们从陈染的身体写作中能明显地看到她对这种失去灵魂的身体行为带着批判精神，其实陈染更是一位性爱合一的守望者，陈染在《沉默的左乳》中，女主人公对那只左乳的顾怜和保守，正是她对理想爱情的一种守望。然而，"70 后"女性作家描写的两性关系，对性快感的铺张已经远远超越对浪漫之爱的追求。卫慧和棉棉成为 1990 年代末比较高产的作家，那时候，她们的作品频繁出现在各大文学刊物上，用卫慧自己的话说："我必须承认，在世纪末的中国做一个女作家是一件很幸运的事。"[1] 1998 年卫慧发表中篇小说《蝴蝶的尖叫》，讲述的是城市里的"新新人类"的生死爱欲。"我"是一个不出名的演员，皮皮是个男导演。二人已经同居了五年，但是，"我们像两列平行而驶的火车，循各自的轨道行进。尽管我

---

[1]　卫慧：《我还想怎么样呢?》,《作家》1998 年第 7 期。

们的性上达到前所未有的完美，可我们却不愿多看对方一眼。如果有人向我指出五年的同居生活中皮皮从未真正爱过我，我也不会吃惊"。① 在和皮皮分手后，皮皮迅速结婚，而且婚姻幸福，但是他们还是见面几次，每次见面都疯狂做爱，之后双方漠然离去。在这个作品中，作者把性和爱截然分开，作者对待这种无爱之性的态度，是没有任何批判精神的，甚至带着点对性快感的迷醉，如同酒神精神。和卫慧同时期的另一位上海美女作家棉棉在表现性和对待性的态度上，与卫慧不分伯仲。她的小说《香港情人》，里面出现了三个男人，以前的男人谈谈、"我"长期同居的同性恋男人——奇异果、香港情人棉花糖。"我"周旋在这三个男人之间，带着对爱的绝望。她与这三个男人都发生性关系，身体伦理在小说中是被悬置起来的东西，小说细致地描写了"我"与同性恋者奇异果做爱的过程，除了生理的快感和高潮，并没有爱的感觉，她甚至在跟奇异果做之后，渴望通过自己的双手解决性问题。在棉棉的小说中，我们看到棉棉所写两性关系的状态是一种颓废、一种迷醉、一种绝望。而这正是"70 后"女作家在表现身体的问题上的病态。棉棉的作品《啦啦啦》《一个矫揉造作的晚上》《九个目标的愿望》等，都有大胆而露骨的性描写，而至于和性有关的人伦道德问题，不在她的考虑范围。棉棉相比于卫慧，更带着一种狄俄尼索斯酒神的迷狂精神。

卫慧在 1990 年代末的作品如《艾夏》《水中的处女》《欲望枪手》，她作品中的故事都是在故意与正统道德和伦理唱反调。她喜欢以符合道德规范的情爱和正常的人生状态为参照，写"不伦之恋"和带着病态的青春期男女，通过审视不正常的家庭成长环境，来展示这些青年男女不可逃避的病态的精神状态。也许是 1990 年代，准确的说是 1990 年代末的文化气候特别容易繁殖这种病态和非正常的人伦精神，在性的问题上，也带着这样的一种态度。弗洛姆说："如果身体结合的欲望不是由爱情所激起，如果性爱不同时也是种博爱，那么其结果只不过是短暂而放荡的结合而已。这种结合只能使两个陌生人还像以前那般疏远，有时还会使他们彼此感到羞耻，乃至互相仇视，因为当结合的幻想消失后，他们感到比过去更加显

---

① 卫慧：《蝴蝶的尖叫》，《作家》1998 年第 7 期。

著的陌生。"①

1990 年代末，以"世纪末的狂欢"为借口，女性文学中出现了这一病态的身体写作。这一写作既反映了年轻人的精神危机，也反映了男女的两性关系的危机。这些作品在 1990 年代末商业文化的包装之下，成为大众的快感消费品，更吊诡的是，以卫慧《上海宝贝》为代表的"私人写作"，在国外也获得了极高的销售量，这正是西方主流眼中的东方他者形象：病态、沉沦、狂欢。"美女写作"事件已经过去了 20 年，这场商业化的身体表演不过证明了性在 1990 年代的另一个核心问题——消费价值。

第三节　身体的消费意义

一　身体书写的消费向度

1990 年代的中国，大众文化以绝对的优势占据了文化市场，相应的，精英文化退居边缘。大众文化的重要特征是满足大众的消费需求。文学在这个时期也成了大众文化的一员。作家刘心武就提出了"大众文学精致化，精致文学大众化"的口号，并且身体力行，创作了一些通俗文学作品。1993 年，还有一个文学事件在文坛激起千层浪，那就是贾平凹长篇小说《废都》的出版。这个被誉为"当代《金瓶梅》"的作品，小说中的方框效应更吊起了读者对小说的阅读期待和消费欲望。继之，那一年同样出版了同是陕西作家群之一的陈忠实的长篇小说《白鹿原》，这个获得茅盾文学奖的作品的一开始，就以白嘉轩惊人的性能力调动起读者的阅读欲望。在 1990 年代有分量的长篇小说，如莫言的《丰乳肥臀》，甚至是阎连科的长篇小说《日光流年》，虽然具有精英文学严肃的思想性，但是，小说中大篇幅的性爱场面，不仅仅是为了表达和塑造人物的需要，更有满足读者性消费的需求，一个可证明的例子便是，美国著名汉学家葛浩文在翻译莫言《丰乳肥臀》等小说的时候，删掉了一些不必要的性爱描写和暴力

---

① 〔美〕弗洛姆：《爱的艺术》，萨茹菲译，光明日报出版社，2006，第 166 页。

场景，使小说更具审美价值。

虽然女性写作本身带着严肃的意义，但是消费文化同样改变了"个人写作"的初衷，《私人生活》的封面和《一个人的战争》的封面，被印刷成春宫图的模样。《布老虎丛书》作为 1990 年代中国不景气的图书市场运作最成功的畅销书系列，大多数的小说出自女性作家之手。如张抗抗的《情爱画廊》，铁凝的《大浴女》《无雨之城》，赵玫的《朗园》，皮皮的《渴望激情》《比如女人》等，这些作品，一方面兼顾着女性的主体意识，另一方面，作品无论在故事情节的安排还是人物的塑造和表现，都具有很强的通俗性，大胆、激烈和带着语言狂欢性质的性爱场景不仅仅是情节的需要，更带着满足读者阅读消费的写作动机。这套丛书成为 1990 年代市场运作成功的畅销书，这不能不归功于小说作者们的大众性旨趣的调整。

在 1990 年代末期，准确的说是 1998 年这一年，"中国当代文学的出版发行遇到前所未有的挑战，大多数出版社的文学类图书蒙受了 30% 以上的退货损失"。① 也是在这个时候，中国的"新生代"作家和"70 后"的女性创作应运而生，各大文学刊物开始刊发他们的作品，仿佛这些人的上场，某种程度上挽救了中国的纯文学杂志陷入低迷的境地。男性"新生代"作家，他们大多出生在 1960 年代，如朱文、韩东等人，他们把身体当成时代中具有本质意义的对象去书写，"性"成为他们反叛现代性宏大叙事和主流文化的一种思想武器，在这一点上，1960 年代出生的那批热衷"身体写作"的女性作家如陈染、林白、海男、徐小斌等，也是把"性"当作女性突破男权话语的武器去书写的。而另一波是"70 后"女性作家的崛起，她们较之更早一代的女性作家，对性的书写趋于平面化、狂欢化和感官化，也缺少思想深度，但是她们时尚化、都市化和颓废性感的特点，与 20 世纪末享乐主义和颓废主义之风是不谋而合的。不论怎样，"美女写作"为世纪末的中国文学和中国女性文学留下了余韵和波澜。

从这段 1990 年代文坛的梳理中，我们可以看出，整个 1990 年代，"性"叙事成为文坛上一个普遍化的现象。

"性"为什么会在 1990 年代成为文学和文化界的一个关键词？有多种

---

① 陈晓明：《断裂与新的符号秩序》，《当代文学与文化批评书系——陈晓明卷》，北京师范大学出版社，2011，第 245~273 页。

因素共同促成。首先，这是对长期以来一直具有禁欲主义特征的当代文学的一次反拨。新中国成立后十七年的文学和新时期以来到 1980 年代中期的文学，一直没有突破写性的禁区。这主要与当时的文艺政策有重大关系。这种文化状况直到 1980 年代，文化启蒙全面铺开，性禁忌也在这个时期被打破。其次，1990 年代市场经济的繁荣，使得消费文化勃兴，作家们参与到市场竞争模式以后，不得不考虑消费者的阅读口味，私人生活和性是具有消费价值的书写对象，所以，性的泛化书写就这样和消费文化合谋了。最后，性与文学的亲密关系还有来自作家本身的原因，特别是对于女性文学来说，女性写作本身就具有私密性和个人性的特点，这和男性作家追求宏阔的叙事风格有一些不同，这一定程度上成为女性身体书写的性别原因。对于 1990 年代末出现的"70 后"的作家来说，她们的生活背景决定了她们的写作姿态①，时代造就了"70 后"的年轻女作家一出手就开始与资本市场亲和。以上原因，共同造就了 1990 年代女性书写的消费向度。

二　身体作为一种表演

"身体"的表演性意味着"性"成为一种商业演出，它主要服务于大众读者的观赏性和娱乐性需求。虽然任何一种"性"描写都无可避免地处于"被看"的境地，但在"表演叙事"中，"看/被看"的关系是具有决定性的，它排斥了一切真理判断，取消了一切价值标准，而只服务于利益。人们不再面对"是非"之辨，无论是赞成还是反对，都被组织到一种"吸引注意力"的逻辑中。批判的锋芒被消解在消费社会的黏状溶液中。②胡少卿博士对文学作品中"性"的消费意义进行了阐释，但是，他个人的男性身份让他回避了在"看/被看"这样一对主客体关系中的性别分配。在 1990 年代的主流社会中，"看"的主体依然是男性，而女性的"性"无论带着多大的自我意识和自主精神，都有可能被男权资本操纵，将富有人文精神的女性"身体写作"包装成一种迎合快感的表演。在 1990 年代，很多具有严肃意义的作品，封面设计也带着明显的暧昧气息，这是商业性

---

① 徐岱：《边缘叙事——20 世纪中国女性小说个案批评》，学林出版社，2002，第 357 页。

② 胡少卿：《中国当代文学中的"性"叙事》，安徽教育出版社，2008，第 154 页。

质的包装和表演。她们的作品被消费社会和大众文化这样包装，是不符合她们的创作初衷的，对于这群具有艺术唯美精神和思想先锋性的女性作家而言，是对她们作品的亵渎。

　　然而，在 1990 年代末期，中国的晚生代女性是聪明的，她们懂得借助资本、借助男权意识获得物质利益。她们不仅懂得艺术规律，也懂得市场运作规律，更重要的，是她们懂得如何把她们自觉的性别意识融入艺术，并巧妙地与文化市场打上一个擦边球，获得经济收益。"70 后"作家卫慧在出版惊世之作《上海宝贝》之前，1998 年《钟山》杂志发表了她的中篇小说《像卫慧那样疯狂》，可以说是《上海宝贝》的一个序曲。我——阿慧，一个名牌大学毕业的女孩子，躲在上海租的地方写作，缺钱、生活状态不健康、经常噩梦。偶然的机会认识了马格，一个文化掮客，我把自己的一部 16 万字的小说正在寻觅出版单位的事情向他说明，马格先找了一个书商朋友推荐"我"的小说《污秽的夜鸟》，书商看过书稿后，对"我"的小说名字很是满意，但接着对"我"的书稿提出了要求，"我"和他有这么一段对话，颇能说明文学如何沦为具有商业性质的消费品，艺术之真敌不过商业之利：

　　　　他接下去说，如果我可以再大胆地扩充某些章节，他指的是那些激情场景，如果激情可以再火爆一点，有种让人大汗淋漓，血脉偾张，大做白日梦的效果，那么出版商再次的包装、发行、出售过程中会更容易炒作……

　　　　我不想再一本正经地谈什么书稿出版，那让我有种卖书如卖身的感觉。我在离开前告诉书商，我可以按他说的那样去修改文字，但那样的话，他就必须付我原定稿酬的四倍。①

　　自由市场的介入和商业利益的刺激，使得文学不能坚守艺术之真，而为了迎合市场和大众的阅读兴趣，必须做出艺术的让步。而对于像卫慧这样时尚且脱离现代价值理性约束的年轻女作家，作为一个自由撰稿人，更

---

　　① 卫慧：《像卫慧那样疯狂》，《钟山》1998 年第 2 期。

是与消费社会有着一种天然的亲和性。在这篇《像卫慧那样疯狂》里，小说中的性爱描写已经超过了之前她的作品，小说更扩大了对人物的"不伦之恋"表现的力度，外企白领阿碧总是和已婚男人发生恋情，最后嫁给一个 50 多岁外籍老头 BOO，双双去了英国。另一个是年轻帅气的男青年唐明，"这家伙从那时确立的志向就是寻找一个富婆，无论脖子上的皱纹和松弛的屁股让人多恶心，他愿意为万恶的金钱奉献自己的贞操"。① 但是，他最终却被傍上的丹麦富婆的另一个追求者杀死。这种带着反道德，且充满时尚感的婚恋关系，人物之间缺少情感逻辑，贯穿人物关系的核心动力是利益，是金钱，是欲望，实际上也是迎合大众的时尚消费需求。

1999 年，卫慧出版了长篇小说《上海宝贝》，继之，棉棉出版了长篇小说《糖》，小说一经出版，读者蜂拥，随之，批评界便开始了对这两部书以及两位作者的声讨，在一片批评声中，这两个"美女作家"搔首弄姿，在报纸上彼此互骂，这场互骂被披露为商业炒作，大众在评论家批评和作家的互骂之下，在好奇心驱使下买书的人更多了。随着"美女写作"越炒越热，政府相继下达了对《上海宝贝》的禁令。即使如此，盗版的《上海宝贝》依然保持市面上的畅销书的排行。在《上海宝贝》的封面上，是美女卫慧被长发遮蔽的半张脸；在小说的封面上，作者给小说留下这样的定位："一部半自传体小说；一部女性写给女性的身心体验小说；一部发生在上海秘密花园里的另类情爱小说"，名校美女自曝个人隐私，这本身可以铆足读者的窥探欲望。从这次美女的身体写作的事件中，我们看到了美女作家利用市场和媒体的力量，通过表演炒作，赚取钱财的聪明，据说，卫慧通过她的《上海宝贝》不光大赚国人的钱，在国外的畅销书排行榜中，也曾获得辉煌战绩。卫慧、棉棉的这次文化秀实际上是一次商业炒作，在看与被看、主体与客体的互动转化中，获得了商业收益，进而获得了女性主体意识的飞升。②

如果说从出版到出售这个文化事件是有意无意挑起的一场商业表演，那么这两部小说的故事也是一场身体的表演，而身体的核心当然是对

---

① 卫慧：《像卫慧那样疯狂》，《钟山》1998 年第 2 期。

② 关于这一点，学者李有亮专著《给男人命名——20 世纪女性文学中男权批判意识的流变》（社会科学文献出版社，2005）与本观点是一致的。

"性"的展示。这场美女写作的事件过去之后，在 2003 年，学者徐岱这么评价卫慧在小说中的性写作："关键在于《上海宝贝》究竟怎么样表现'性'。从以上所述的它的作秀姿态来看，这部小说的商业考虑可以确定无疑，它的性表现是一种迎合卖点的需要。……《上海宝贝》的问题不在于其羞羞答答的商业写作，而在于它其实是一次缺少起码的商业道德的用文字进行的假唱。这个文本里没有生命的投入，没有关于现代时尚生活的真实表现，唯有虚张声势的作秀，这让它散发出一种令人恶心的卑劣和丑陋。"① 虽然徐岱教授的言辞激烈，但确实一针见血地点出了卫慧这个作品的问题，相比于卫慧早期发表在各大文学杂志中的小说，这部独立出版的长篇小说《上海宝贝》淡化了文学本身应有的对生命书写的真诚和坦荡，带上了商业性的作秀。

没有一个时代的文学像 1990 年代这么热衷表现身体，也没有一个时代像 1990 年代的文学在表达身体时，如此迎合市场，这一现象不仅体现在文学作品的具体运作中，也体现在作品人物的灵魂深处。女性文学在 1990 年代和市场的关系是充满张力的，她们利用市场，也被市场利用。在这场看似"双赢"的文学商业活动中，真正受损的是文学的品位和质量。如果说女性作家对婚姻的表达体现着对传统的反思和突破，具有先锋精神，对爱情的表达体现了对人文理想的坚守，那么，女作家对身体和性的表达，则体现了女性作家对消费文化的认同。研究消费文化的学者鲍德里亚关于消费的理论让我们了解到，"人"会因为消费社会的来到而丧失主体性，成为消费文化的被动接受者。确实，女性作家的"性"书写，也让我们看到了人本主义的危机。如果，文学的创作主体丧失了创造性、丧失了主体意识，文学这一古老的文字艺术，将何去何从？这是 1990 年代的消费文学给文学自身带来的最大挑战。

---

① 徐岱：《边缘叙事——20 世纪中国女性小说个案批评》，学林出版社，2002，第 354 页。

第四章

姐妹情谊与婚恋关系

英文"sisterhood"被译作"姐妹情谊","女性情谊"等,在女性主义文艺理论中是一个重要概念,黑人女性主义学者贝尔·胡克斯的著作《女权主义理论:从边缘到中心》,以及伊莱恩·肖瓦尔特《她们自己的文学》中都有关于sisterhood这个术语的社会学和文学角度的阐释。而美国女性主义历史学者吉娜维斯的概括具有普遍意义:"姐妹情谊通常被理解为妇女在共同受压迫的基础上建立起来的互相关怀、互相支持的一种关系。这个概念有两层含义:一是指妇女由于独特性别特征而形成的特殊的妇女之间的关系,这种互相关怀、互相支持、相依为命的感情同充满竞争的男性世界的伦理和价值观念不同;二是以强烈的政治色彩团结受压迫者,开展女性主义运动。"① 也就是说,姐妹情谊在女作家那里,既是自发的,又是自觉的,既是情感的,又是政治的。

在中国的女性文学历史中,早在"五四"时期,女性文学刚刚浮出历史地表之时,女作家就开始书写姐妹情谊,如庐隐,就通过塑造一群知识女性,表现了一种"情智相谐"的"同性之爱",虽然庐隐并没有以性别的自觉立场书写"同性之爱",但是在当时,这个姐妹之邦"是存在于女儿们心中的理想国,一个剔除了男人与对男人的欲望(性威胁与性焦虑)的女儿国",以此来对抗"非情,非智的封建礼教"。② 之后,这种姐妹情谊的书写在丁玲的文学作品里偶有显露,但痕迹并不明显。直到1980年

---

① 汪民安编《文化研究关键词》,江苏人民出版社,2007,第137~139页。
② 孟悦、戴锦华:《浮出历史地表》,中国人民大学出版社,2003,第41页。

代，张洁的《方舟》成为新时期较早以性别自觉的精神书写姐妹情谊的作品，小说中的三个离婚女人，面对事业和家庭压力，她们互相勉励、互相支持地生活在了一起，并深信："女人，女人，这依旧懦弱的姐妹，要争得妇女的解放，决不仅仅是政治地位和经济地位的平等，还要靠妇女的自强不息，靠对自身价值的认识和实现。"① 从 1980 中晚期，特别是 1990 年代，中国女性文学对于同性情谊的书写已然成为女性主义文学的一个重要特征。受着西方女权主义思潮的影响，1990 年代的中国女性文学把批判男权文化作为首要目的，批判遍及家庭和社会多个领域中，这就会造成一种两性对抗的叙事模式，一旦对抗，就需要同盟者。女性作家在这个时期，一改数千年来小女子之间的嫉妒心态，以同仇敌忾的同盟之心和大女人的欣赏眼光去书写女性之间的深厚情谊。这种同性同盟的自觉性和目的性，是其他时代的女性书写所不具备的。可能是女性作家更了解也更熟悉女性，也可能是女性作家受西方"女性写作"潮流的影响，在 1990 年代的女性小说中另一个重要现象就是女性作家对女性形象的塑造更为集中和自觉。以上两种现象的结合，就出现了一种与批判男性刚好相对的书写现象：女性作家以深厚的姐妹情谊为出发点，去书写、赞美和表现女性，甚至一些女性作家因为对"主义"的坚守，她们的某些创作带着两性对抗的意味。

　　1990 年代的很多作家都以写作的方式参与了世纪末的性别问题讨论，回应着 20 世纪初的那场源于现代启蒙的"妇女解放"运动。这两次运动相隔近一个世纪，从文化意义上来说，有了很大的不同。五四时期的"妇女解放"，是以"人"为核心的解放，1990 年代的"妇女解放"是以"女人"为核心的解放。因为后者特别突出了女人的性别特征，在和男性的关系上就不及第一次妇女解放运动那么和谐，出现了与男性的对抗，或者一定程度上放弃了和男性对话协商的可能，而以构建女性同盟的方式完成同性别之间的互助和联谊。

---

① 张洁：《张洁集》，海峡文艺出版社，1986，第 58 页。

第一节　同性乌托邦

女性作家的想象有两种性质的乌托邦：第一个乌托邦是男人和女人以爱情为核心组建的亲密关系的乌托邦，关于这一点，我们已经在前文的爱情专章中进行了阐述；另一个乌托邦，便是同性乌托邦，这是另一种的情感，在一个性别自觉的时代，女性作家空前的重视姐妹联盟，她们赋予女性联盟理想主义色彩，这种想象与人性有关，在现代性价值观时代，个体的孤独需要同性的情感陪伴，以抗拒"一个人"的生命旅途；另外，对姐妹同性联盟的想象，也源于女性性别启蒙的要求，女性作家在性别启蒙话语的引导下，赋予姐妹联盟以性别革命的作用，这一联盟有对抗男权和夺权的作用。除此之外，伴随着"酷儿"理论的传播，姐妹情谊与人类的婚恋关系也出现了暧昧交融，女作家没有回避这种同性之间的暧昧关系，但是正是从这种暧昧关系的展示中，可以读出女作家在文化价值立场上的犹疑和彷徨。西方女权主义理论家认为："女性情谊通常被理解为妇女在共同受压迫的基础上建立起来的相互关怀、相互支持的一种关系，有两层含义：一是指妇女由于独特性别特征而形成的特殊的妇女之间的关系，这种相互关怀、相互支持、相依为命的感情同充满竞争的男性世界的伦理和价值观念截然不同；二是以强烈的政治色彩团结受压迫者，开展女性主义运动。"① 以上两方面概括了女性情谊对于女性的意义。我们在讨论中国 1990 年代女性作家想象的女性同盟时，除了具有以上两个层面的意义之外，还有着中国本土特征。

关于女性之间的情谊，并不是随女性主义运动应运而生的。同性之间的情谊，应该从有了人类，有了女性就开始了，那是夏娃与莉莉丝的联合。因为性别的相同，彼此更能产生深厚的同情和认同。"闺蜜"这个词，实际上就是一种亲密无间的姐妹情谊的能指。在 1990 年代的女性书写中，女性主义的思潮让中国知识女性有了自觉的性别意识，也产生了追求性别

---

① 郭晓霞：《五四女作家和圣经》，中国社会科学出版社，2013，第 191 页。

平等和维权的诉求，性别自觉也促成了知识女性对同性联盟的向往和美好想象，她们带着理想情怀书写女性情谊，使得这种女性同盟带着乌托邦的性质。总体来说，1990 年代因为经济实用主义的流行和后现代思潮的涌入，是一个价值理性被解构的年代，但是，在女性同性之间，她们一起构筑的同性乌托邦，却是一个纯净之地。一方面女性表现出一定程度的"厌男症"；另一方面则是对同性的依赖和信任。所以，女作家更愿意表现同性情谊的情感纯度和默契度。

这个时期，很多女性作家都有专门的小说去精心描绘女性情谊的精神纯度。徐坤的小说《爱人同志》（1999），写了两个多年未见的女性闺蜜再次相见时的快乐、亲切和精神的默契。麦迪是美国纽约的注册律师，已有男友，回北京，第一个要见的就是"前女友"羽琪，羽琪是个女作家，已婚，分别三年以后的她们，见面后相聊甚欢，互相斗嘴、打闹，彼此倾诉最隐私的话题。羽琪从农贸市场买了麦迪喜欢的蔬菜水果，然后她们还一起爬长城，两个女子登上高高的居庸关，可以远远地望见唐古拉山，二人都被山峰的雄壮和宁静所感动而沉默不语。这种共情体验正体现着这一对女性彼此默契的内心世界。二人虽然情谊深厚，这种同性间的亲密关系，与男女之间的婚恋关系是不同的。徐坤在小说题目上故意运用了一个戏仿技巧，乍读题目认为是写男女情爱，读后才知道这一对爱人竟然是两个女性，这两个女性好友因为精神默契而成为"爱人"。这种关系是带着精神的纯度的，友情至深，并非"莱斯宾"（lesbian）的同性恋关系。

女作家林白写过不少表达同性情谊的作品，她的所有表现女性情谊的小说，都有着深刻的情感纯度。林白在一篇叫作《回廊之椅》的作品中讲述了一个背景是 1940 年代，故事发生云南西南一隅，重在表现乡绅章孟达的第三房姨太太朱凉与仆女七叶超越异性之爱的同性感情。朱凉在集市上一眼就看中了年幼穷苦的小姑娘七叶，没有迟疑地把她领回了章家的阁楼，从此做了自己的贴身仆女。朱凉和七叶的旷世情谊，是一种可以超越异性之爱，经受得起时间考验的情谊。乡绅章孟达家 1949 年后被其弟揭发家中私藏枪支，但查无所获。朱凉为了保全仆女七叶，将丈夫章孟达藏枪之所告诉了七叶，并让七叶告知了农会，从而保全了这个朝夕相处的女伴。多年之后，红色阁楼里只剩下了七叶，故事叙述着"我"进入阁楼的时候，发现屋里陈设着朱凉的大幅相片，而如今年纪很大的七叶一直守候着朱凉曾住的阁楼和阁楼里朱凉的照片，一生未嫁。朱凉和七叶的这种情感已然超越了一般的主仆情谊。她们之间这种深刻的爱，甚至令"我"猜想她们到底是一种怎样的关系。小说描写了七叶侍奉朱凉洗澡的场面，呈现出的是朱凉的身体之美，是审美，并非身体性感的一面，并不能勾起读者的情欲。由这个细节可以判断，朱凉和七叶的情谊并没有超越同性情谊到达同性恋的程度，小说并没有写出二人的身体关系，就这点来说，小说依然捍卫着女性交往的精神纯度，更重要的是，这种精神纯度是超功利性的，是舍弃欲望的，是一种大爱精神，正好和小说表现的异性关系的功利性形成鲜明对比，以此来表达她对于同性乌托邦的审美想象。除了这个作品，她的中篇小说《瓶中之水》也是在和两性关系的对比表现女性之间情谊深厚的作品。单身匹马闯京城的孤独女孩二帕，认识了知名设计师意萍，二人因为在精神气质等方面的契合，友情迅速升温，在彼此都热爱的服装设计上达到了心灵默契，意萍在专业上也很愿意帮助孤独无依的二帕。但是，这种情谊的默契最终被打破了，原因是意萍对二帕带着不对等的情感的占有欲，这令渴望以独立和平等姿态与意萍交往的二帕很受伤，她拒绝了意萍在事业上对她的帮助，只为自尊的受伤，也就是说，在与意萍的关系上，她更看重情感的因素，愿意为此放弃意萍对她的功利意义，即在事业上的帮助。相反，她为了事业上的成功，却委身于一个一点感觉都没有的已婚老男人老律，当她把自己的颤抖而没有任何经验的身体交给老律以后，同样以颤抖与冰冷的声音要求老律帮她开服装设计展，以实现自己想"成名成家"的社会性欲望。小说最后，意萍嫁人了，过上了世俗而平庸的生活，二帕也通过自己的努力在事业上取得了阶段性成绩。至此，这段暧昧的同性情谊无疾而终。

从林白的这些作品来看，她总是把同性之间的情谊与异性之间的利益关系对比起来，前者情谊深厚，重在精神契合，几乎不掺杂世俗利益；后者关系世俗功利，重在生存和欲望满足。正是女性写作者对同性关系的这种书写态度，让这些作品散发出浓郁的性别主义意味。在另一位女性主义作家陈染那里，更是热衷表现同性情谊的精神纯度，不同之处在于，她对姐妹情谊的表达更加直接和热情，这种热情的背后，是她在一个无"父"

无"夫"的社会中，作为一个现代女性深深的孤独感。小说《无处告别》，就是讲述一个女性在现代社会的孤独感，可以慰藉这种孤独的，是来自同性的友情。小说有一段来陈述缪一和黛二的姐妹情谊：

> 黛二与缪一曾经有一段时间好得一个星期不见面就想念，都曾发誓不嫁男人……她们躲在黛二家的阳台上，夏日的夜晚无比漫长和深情，她们望着神秘而悠然的苍穹，诉说彼此遥远得往昔、梦幻和苦苦寻索的爱情，来自久远时代的声音慢慢浸透她们的心灵。很多时候，她们为悠长无际的天宇所感动，为对方的人格力量和忧伤的眼睛所感动，泪水情不自禁慢慢溢出。夜晚，她们回到房间里，睡在一张大床上，她们的中间隔着性别，隔着同性之间应有的分寸和距离，保持着应有的心理空间和私人领域，安安静静睡过去。有时，黛二会忽然感到一阵彻骨的孤独，她知道同性之间的情谊到此为止了。但黛二想，无论如何总比一个人睡觉要温暖，毕竟能够感到心灵的交融。①

这正是姐妹情谊的珍贵之处，也是姐妹情谊的精神指向。但是，这种姐妹的情谊终究也只能"隔着同性之间应有的分寸和距离，保持着应有的心理空间和私人领域"，在她们各自的理想中，那"苦苦寻索的爱情"才是最能让作为女性个体摆脱孤独的交往形式，也只有在这种形式中，男女之间才能实现亲密交往，通过对同性情谊的表现，陈染为婚恋关系留下余地。当然，这种异性交往方式也是理想主义的。在现实生活中，同性情谊往往因为是趋向于审美和理想层面，和爱情一样，往往不能长久。这种关系的精神性使得一旦遭遇人间烟火，姐妹冰清玉洁的情谊就破碎了。缪一最终选择了官宦之家的公子嫁了，和黛二的情谊也变淡了，而黛二因为找工作需要缪一的公公帮忙，找到缪一，二人的纯洁精神情谊便因为这功利性消失了，黛二因此大为伤感痛惜她们之前的关系，并为缪一在宦官之家的谨小慎微和失去自由精神而失望伤感。

我们可否这样理解，在一个男女爱情理想难于实现的时代，女性作家

---

① 陈染：《无处告别》，《沙漏街卜语》，时代文艺出版社，2001，第116页。

通过纯洁乃至有些神圣的姐妹情谊的书写，表达同性之间的同心合意和情感认同，既是反抗男权的同性理想，也是对爱情书写的一种变形和改装，乃是女性书写的另一种集体潜意识。总体来说，女性作家对姐妹情谊的书写在 1990 年代成为没受商业污染的人文精神。

第二节　姐妹情谊与婚恋关系的较量

一　不战而溃的同性联盟

没有比 1990 年代的女性更愿意思考性别问题，因为这个时代是一个性别自觉的时代，也没有比 1990 年代的女性更具有同性之间联盟的愿望。正如陈染在《破开》中的宣言一样：

> 我们曾经在长途电话中磋商建立一个真正无性别歧视的女子协会，我们决不标榜任何"女权主义"或者"女性主义"的招牌，我们追求真正的性别平等，超性别意识，渴望打破源远流长的纯粹由男人这个世界建构起来的一统天下的生活、文化以及艺术的规范和准则。[1]

她们希望通过女性同盟的合力，同时唤醒男性和女性的平等意识。五四时期的性别平等，是由具有现代启蒙精神的男性发起的，"平等""人权"等现代理念是他们发起"解放女性"的文化资源。但是，正如我们已经提到的，这种女性的性别启蒙被政治话语所淹没。1990 年代真正地实现了女性自我的启蒙，这场启蒙运动首先由女性发起，然后波及男性对女性的这次争取性别平等运动的重视。女性在发起这场运动时，必然要首先团结女性力量，以完成这场性别革命。所以，她们空前的重视女性同盟的力量，也空前的团结起来，从小说中可以看到女性作家们在表现姐妹情谊上

---

① 陈染：《破开》，《陈染文集·2 沉默的左乳》，江苏文艺出版社，1996，第 263 页。

的热情。但是，这种姐妹情谊总是会遭到男性的挑战。一旦男性介入，这种来自同性别的姐妹情谊便显得非常脆弱。女性作家一方面带着理想主义的情怀去赞美和歌颂这种伟大的同性情谊，以建构她们性别革命的乌托邦；另一方面，她们又很现实地看到，两性之间亲密关系的古老、深刻性，她们尽力建构的同性乌托邦受到来自两性交往的逻各斯的挑战，使得这种理想主义的同性联盟在现实面前不攻自破，她们的小说反映了这样的情形。

王安忆从来不承认自己是个女性主义者，但是，这并不妨碍她在 1990 年代去思考性别问题，其中的一个代表作便是《弟兄们》。小说讲的是三个女人的情谊和梦想是如何因为男性的介入而破碎的。小说从她们读大学时候开始，她们是班上唯一的三个女生，在一个宿舍，并且各自结婚，她们自称为老大、老二、老三，她们把自己的丈夫分别叫作家里的。三个人在一个宿舍聊天，谈论生活和她们的友情。第一个决定放弃个人价值，而决然追随爱情的是老三，老大、老二本来鼓励她为了自己的前途和自由，放弃丈夫为他设定的人生，应该冲出丈夫的怀抱，希望她能争取留校名额，但是经过几夜的挣扎，老三最终"流露出一个平凡女人的人生理想"。老三在想到丈夫对她的爱后，想明白了："其实，重要的是，男人和女人之间有没有爱情。如有爱情，谁被谁吞没都是快乐和有价值的。而假如这个真实的自我无法给人快乐，并且还会给人带来破坏，那么要它有什么意义？"① 之后，老二和老大一直保持着长久的灵魂默契，虽然各自都有家庭，但是并没有妨碍她们不断地思考人生和自由问题。她们在一起的时候，曾经这么想：

> 男人究竟是什么？她们说，男人是女人最天然的终身伴侣。一个女人和另一个女人之间，毕竟有许多困难不能解决，比如性的困难；还有许多任务不能完成，比如传宗接代，也就是延续生命的任务。所以，女人必须和男人在一起，方可走完人生的路程，也就是人类历史中个人所承接的那一段过程。可是，正因为男人和女人要共同完成这

---

① 王安忆：《弟兄们》，上海文艺出版社，2013，第 234 页。

样的事业，互相间这样的紧密不可分离，于是，男人实际上又成了女人最大的束缚。男人和女人，成了相互的牢狱，他囚住她，她囚住他。所以，男人是一座监狱。她们觉得自己在实际的生活中，对男人的认识又深化了一步。而这一步，其实又使她们往绝路上推进了。[①]

这段由老大、老二共同参与男性和女性关系的思考，被作者的性别价值立场所评判，否定了她们关于男人是女人牢笼的说法。实际上，老大和老二之后的同性情谊，终于以破碎告终。老二在老大家中过年，却意外摔伤了老大的孩子，老大和丈夫就此迁怒于老二。虽然孩子最后并没有什么大碍，老大也在努力挽回自己对老二的伤害，但是两人纯正的情谊已经无法复原。老大送老二到火车站，握着老二的手说出"我爱你"的时候，老二却哭着说："有些东西，非常美好，可是非常脆弱，一旦破坏了，就再不能复原了。"[②] 从此以后，老二再也没有去过老大的家，也再也没有联系过，空留给老二的是在岁月深处对这段"兄弟"情谊的幽幽怀念。

我们可以这么理解，同性情谊因为缺少坚实的现实精神和物质基础，使得这种情感缺少现实的"附丽"，而理想化，是造成同性情谊脆弱的原因，"水至清则无鱼"，就是这个意思，从这种意义上来说，异性组建的亲密关系是带着世俗精神的，也更能藏污纳垢。虽然老二与老大的关系破裂了，但是与丈夫一直生活着，即使没有孩子。在林白的小说《瓶中之水》中，意萍失去了女孩二帕的感情之后，迅速地与一个男人结婚了，过上了常态的生活；而陈染的小说《无处告别》中缪一、黛二与麦三这三个人的感情，随着缪一和麦三都各自结婚，她们的友情也日渐淡漠，与她们单身时候的状态不可同日而语，不但见面机会少了，相处的时候，也无可避免地带上了功利的痕迹，这些都说明了一个问题，当女性有了稳固的婚恋关系，特别是组建了自己的家庭的时候，同性情谊不可避免地退到了生活的边缘。

陈染的小说《潜性逸事》把婚恋关系与同性关系交织在一起表现，是一篇集中思考同性和婚恋关系的作品。雨子已经结婚，所嫁之人是一个文化界的小领导，但并非所爱，雨子多年寻求的爱情并不能从这个人身上获

---

① 王安忆：《弟兄们》，上海文艺出版社，2013，第251页。
② 王安忆：《弟兄们》，第284页。

得，这令她对婚姻生活非常失望，总是冒出要离婚的念头。与此同时，她的女性好友李眉成为她的精神依靠，在和李眉的交往中，可以让她燃起生活的一点热爱。每当她向李眉表达想离婚的时候，总是遭到好朋友的反对。直到有一天，她丈夫恶狠狠地告诉雨子，她亲爱的女性伙伴曾经想嫁给他，真相是李眉曾和自己的丈夫私通，雨子受到了来自丈夫和好朋友的联合伤害。她找到了李眉质问，李眉对自己的行为并没否定，并且哭着告诉事情的原委——是为了雨子，她从引诱中看出，雨子的丈夫是爱雨子的，所以，每次雨子想离婚的时候，李眉总是劝说她不要这样。即使雨子在李眉的哭诉中了解到朋友对自己没有消失的关爱，还是在沉默中选择了让李眉离开。小说呈现的是同性和异性之间形成的危险关系。李眉对雨子，既有伤害也有爱，但是，二人还是因为男人的问题由灵魂伴侣而反目。

从人类常态的关系来看，男性和女性结合在一起，是更符合人类发展的组合方式。男女之间形成的亲密关系，往往能超越同性形成的情谊。一旦男女之间形成稳固的亲密关系，会影响到女性之间的纯正情谊。这是女性世界里的同性和异性关系的不同。关于女性之间的这种关系，可以与男性之间的同性关系对比，会发现不同。《三国演义》刘备有句经典的话可以概括男权社会是如何以不同的态度对待同性和女性的："兄弟如手足，女人如衣服。衣服破了尚可补，手足断了安可续?"也就是说，在男性世界里，他们有一种倾向，会把同性关系看的比异性关系更重要，尽管这种异性关系可能是最亲密的夫妻关系或恋人关系。这和女性对待同性和两性亲密关系的态度上是截然不同的。这种不同说明了两点：以社会性欲望联系在一起的男性同性联盟，与以真挚的情谊联系在一起的女性同性联盟，两类同盟联系起来的纽带是不同的，显然，男性同盟是带着现实功利性的，而在女性作家笔下的女性同盟，正是要排斥功利性质的。这正是男性和女性的不同之处；另外，男性将兄弟情义看得高于两性情义，从另一个方面说明了他们的男性中心主义的思维。

二 同性联盟的夺权行动

如果说，在现实主义的写作原则指导下，女性作家表达了女性之间的情谊在面对婚恋关系的脆弱性，那么，在 1990 年代"女权主义"思潮的鼓舞下，她们将这种同性乌托邦和"性别革命"结合在了一起，以理想主义的光芒，表达了她们对男权社会的不满和反抗，从而理想化地显现出同性联盟的战斗力和坚固的合作精神。性别上的革命并非使得具有启蒙精神的女性作家，对女性同盟寄予性别革命的功能和意义。女性启蒙者希望通过女性同盟的合力来对抗男权社会，或者通过女性自身的团结来从男性那里夺取本来应该属于自己的权力，从而实现性别上的相对平等。于是，在小说中，便有了女性结盟共同完成的夺权行动。应该承认，这类小说往往带着强烈的寓言性和性别宣言性，因为它们"主题先行"的弊病，小说的整体艺术价值明显降低。但是，作为 1990 年代"女性主义"小说的极致性作品，我们有必要考察它们所具有的"浪漫之风"。

　　上面章节已经提到陈染的小说《破开》就是一篇女性同盟实现性别平等的战斗檄文。因为这个作品集中表现的是同性之间的情谊和联盟的乌托邦精神，并没有用笔墨在同性联盟如何夺权这一问题上进行展开，所以，只能将这篇小说当成一篇宣言性质的檄文。相对于这种口号性质的小说，林白的小说更能看出这种姐妹同盟在夺权和对抗上的力量，从这个意义上来说，林白短篇小说《猫的激情年代》应该是一篇具有性别夺权性质的檄文。"我"被车间主任下岗，生活无着落，"我"的闺蜜"猫"告诉我，她要让车间主任恢复"我"的工作，"猫"去了车间主任家，与车间主任发生了性关系，并希望他能够在占有性之后，恢复"我"的工作，但是车间主任并没有让"我"恢复工作，"我"的亲密同伴"猫"盛怒之下，像复仇女神一样将车间主任杀死。这既是一篇"性革命"的宣言书，更是一篇同性联盟夺权性质的战斗檄文。林白的很多作品，都有着同性之间因为情谊深厚而结成同盟，为了同性姐妹的利益而向男性发起挑战，或者以牺牲男性利益换取同性伙伴的利益，或者通过女性的"性"来换取男性手中的权利。小说《回廊之椅》中的女主人朱凉之于侍女七叶，《一个人的战争》中的南丹之于林多米，《瓶中之水》中的意萍之于二帕，都是带着同性联盟的夺权意味。

　　这个时期的池莉也参与了女性启蒙的工作，她在 1990 年代，一方面关注市民的日常生活；另一方面探究男性的内心世界，还有一支笔，是留给女性的，她的 1990 年代末的小说《小姐，你早》，就是这样的一个作品。科研工作者戚润物不经意发现自己的丈夫王自力跟小保姆相好，气愤之下，决定离婚，而这正中了王自力的下怀。此时的王自力虽只是一个小科长，但是因为手握实权，过着奢靡的生活，出入高级酒店和会所，戚润物跟踪很久才发现了他的所作所为。她决定用智慧开始自己的报复行动。李开玲是王自力的手下，已经是单身独居的半老徐娘，王自力把她派到家里负责家中之事，和戚润物建立了深厚的姐妹情谊，她在生活上给了戚润物很多引导，让与时代脱节的戚润物了解到了这个时代已经进入了消费社会，而她还是深居简出。之后，在被企业领导邀请的一次宴会上，她又结识了一个做小三的姑娘艾月，在酒桌上被她男人支来喝酒，来自女性的同情心和弱势地位让这两个价值观完全不同的女人为了自己的权益联合在了一起，她把艾月带到家中，戚润物、李开玲和艾月互诉衷肠，艾月也是个可怜的姑娘，她有一个私生子在老家无人照看。而李开玲决定收养这个孩子，艾月听到戚润物的遭遇后，决定联合起来，给王自力教训。之后的故事是，艾月扮演妖媚女性，勾引王自力，骗取王自力的财产，让王自力身败名裂，与戚润物分割了财产，她的孩子给了李开玲照看，而她则远走国外，戚润物也惩罚了王自力。在女性的合力之下，她们争取了自己的权益，打了一个翻身仗。而这，正是女性同盟的力量。在这个作品中，可以看出池莉寄予女性同盟的理想精神。然而，也唯有这种理想的浪漫主义，才可以鼓舞女性争取权力的斗争。

跳出狭义的婚恋关系考察模式，从广义的两性关系中去考察 1990 年代的女性写作，去看她们在性别自觉的年代，如何在各种话语力量的作用下去书写作为复数群体的男性和女性问题。一个最突出的特点就是女性作家带着同性之间强烈的认同感和团结精神，理想化地构想了"女性同性联盟"这样一个社会力量。这一想象共同体的出现有两个作用：第一个作用，作为现代社会的孤独个体，女性在找不到异性伴侣的时候，同性之间的友谊和爱可以抚慰她们的孤独，对于那些精神独立的现代女性来说，甚至这种同性情谊有代替异性爱情的倾向；第二个作用，在人类还处于男权时代的社会现实面前，女性通过对"女性同性联盟"的呼唤和构想，集结力量，团结协作，为维护女性的权益而战，向男权社会中对待女性不公的行为和行为发起挑战，捍卫人类两性关系的平等和公正。这两个作用一个是出于个体的情感需要，一个是出于社会的权益需求，但这两者又不可分，因为姐妹情谊和同性联盟都需要情感和理性来维系。

如果把 1990 年代女性写作与 21 世纪初的一些女性作品对比，会发现 1990 年代的女性作家是多么小心、认真，却又宽容豁达地维护着这种姐妹情谊。到了 21 世纪，这种理想化的同性情谊被破坏了，比如 21 世纪头几年九丹的《凤凰》《你喜不喜欢我》这些作品，都能看到女性为了争夺男人，为了争夺生存资源，女性与自己的同性好友为敌，甚至与自己的亲姐姐为敌，恢复了女性的嫉妒和小心眼的天性，这正是弗洛伊德对女性作为第二性的精神分析，她们因为生理上的阳具缺失而形成的性格缺陷，永远居于第二性的地位。其他女性作家在 21 世纪的小说作品，比如张抗抗的《作女》、铁凝的《笨花》、孙惠芬的"马歇庄"系列作品等，都已经不再有意识的去建构这种同性情谊，而是更在意真实地刻画女性个体独特的内心世界。所以，1990 年代女性作家对姐妹情谊和同性联盟的理想化构想，是最具有女权主义意味的文学想象，带着强烈的性别政治色彩。

结语：1990 年代的女性书写
与婚恋关系伦理重建

一 1990 年代女性婚恋叙事的文化向度

1990 年代的作家是在对现代性的认同与批判，在对后现代性的热情与狐疑的多重话语中去书写婚恋关系的。

1990 年代的女性文学与之前的文学有很大不同。1980 年代中期以前，上溯到"五四"时期，中国女作家的创作，基本上是在现代性的启蒙话语和人道主义话语下进行的创作，[①] 到了 1980 年代中后期，特别是到 1990 年代，西方的后现代语境下诞生的"女权主义"思潮，和文化界的其他后现代思潮，如后殖民主义、消费主义和新历史主义思潮等一起，共同拆解着中国文化界 1980 年代以来对现代性话语的信任和坚守。当然，现实主义和人文主义这些现代性知识体系依然对女作家的创作和婚恋关系的书写产生着重要影响。

女性主义作家的性别主体意识强大，创作者赋予小说中的女性同样强大的主体性，总体来看，这个主体，更倾向情感和欲望的主体，体现着非理性对小说人物的生命和生活的支配作用，而这种后现代性与 1990 年代依旧坚持现代性伦理精神的男性相遇的时候，两性关系之间便产生了多重误解和断裂。1990 年代因为对"男权"持批判态度，相应的在文学想象中，女性主义作家们就表现出对婚姻这种传统两性秩序的质疑和焦虑，小说中的女性从"父权"制的家庭关系中脱离出来，成为独立的个体，体现了现

---

① 邓利：《新时期女性主义文学批评的发展轨迹》，社会科学出版社，2007，第 60~87 页。

代女性象征性的"弑父"行动。在获得平等和自由后，现代女性（虽然被称为现代女性，但是她们作为主体，已经带上了后现代的特征，之所以这么称呼，是因为她们生活在主流话语还是现代性的社会）则终其一生寻找着那棵可以和自己"和鸣"的"橡树"，将爱情当成人生的信仰，在对浪漫之爱的不断追寻和等待中让理想主义的爱情之花凋谢枯萎；或者在灵肉结合的激情之爱转瞬即逝之后，面临与爱人的分离，因不能获得所爱男人长久的感情承诺而遗恨终生。她们以开放的性观念颠覆着传统女性身体伦理，完成"五四"以来启蒙话语没有完成的女性性启蒙的任务，同时，她们以蔑视婚姻的姿态，拆解着传统的两性关系伦理，并以凤凰涅槃的精神期待在现代性伦理的废墟上实现重生。这些具有强烈主体意识的女性，与男性的关系多数是不稳定的，也没有几个勇敢的男性可以陪她们将爱情进行到底。从这个意义上说，她们是现代社会悲壮的先锋，是现代社会的孤儿，她们无"父"无"夫"，唯有母亲和姊妹。也因此，她们会尽可能的夸大和美化姐妹之间的情谊，把这种同性情谊想象成美好的乌托邦，因为只有这样，才能抵御个体的孤独，也才能对抗来自男权社会的挑战。应该说，现代女性群像捍卫了 1990 年代文学的先锋精神，特别是女性作家对于爱情的书写，延续着 1980 年代知识分子话语的痕迹，使得这部分女性文学与大众文化拉开了距离，显现出精英话语的魅力。

不同于女性主义话语，1990 年代坚持写实主义创作方法的女性作家群，往往认同两性之间的传统伦理秩序，或者建构一种合理的婚姻秩序。写实主义的一派真实地记录下生存和生活法则对婚恋关系的黏合作用，以客观写实的笔触反映现代工具理性和实用主义对亲密关系的重要影响，无论是婚姻，爱情，还是身体领域，无不体现出工具理性和功利原则对亲密关系的规诫和制约。婚姻的功利性自古有之，婚姻这种古老的习俗和规则代表着人类的生存文明和生存策略。正如张爱玲所说："以美好的身体取悦于人，是世界上最古老的职业，也是极普遍的妇女职业，为了谋生而结婚的女人全可以归在这一项下。"[①] 1990 年代的婚姻功利性有着特殊的时代标志，女性对婚姻的态度转变，从传统意义上婚姻对于女性的本位意

---

① 转引自刘思谦《两性关系启示录》，《河南大学学报》2011 年第 4 期。

义，发展到 1990 年代婚姻的工具意义，现代女性为了个体的社会性的欲望，可以不惜通过婚姻改变现实处境，获得更丰厚的生存资源，实现自己成名成家的欲望，一旦借着婚姻获利，又会放弃无爱婚姻寻求个人发展的更大的资源。这种情形不只是女性，男性也是如此，应该说，婚姻的功利性质符合婚姻作为一种人类传统逻各斯的特征，是神圣的，但是将此工具化，则必然造成个体的悲剧。

在亲密关系的各要素中，爱情被赋予超功利的理想色彩，但是在女性书写中，依然可以看到被工具理性"异化"的爱情。当爱情也可以被工具化的时候，爱情本身的人文光晕就消失了，现代社会的工具理性一直在摧残着作为人文精神的爱情，理性的过于强大，让亲密关系缺少了情趣、愉悦感和超越性，甚至"不谈爱情"成为现实主义者维持婚姻秩序的一个代价。"新写实主义"者的作品过于专注此岸的日常生活，婚姻生活被写得沉重和繁琐，缺少彼岸的光芒，没有超越性，也因此缺少了人文主义的光彩。这正是"新写实主义"和"人文现实主义"的不同，后者的典型代表如王安忆。"人文现实主义者"的写作看重理性对个体的救赎作用，并坚持认为，对于因非理性情欲等因素而堕落的人，先验性的价值理性是实现自我救赎，成为人不至于滑向万劫不复境地的重要精神力量，正是她们赋予小说人物特别是女性人物的理性精神，使得这些现实主义作品闪烁出了超越性和诗性，而她们笔下的日常生活也多了些淡淡的诗性和超功利性的人文关怀。总体而言，坚持现实主义写作的一派自觉不自觉地遵从了现代性的价值理念，持守主流价值观和传统的两性秩序，她们更愿意在性别自觉的知识背景下去书写对现代性的认同。

消费主义话语在 1990 年代中后期日益显示出强势之态，这股话语力量深刻影响了女性文学的创作。具有先锋精神的女性主义的文学创作，在 1990 年代的消费潮流中也被包装成了通俗读物的外装，降低了文学的独立品格。在消费主义话语的影响下，女性文学中出现了一群具有后现代狂欢精神的时尚女孩，她们与现代女性已经差了十年左右的时间代沟，是消费社会的先锋军，她们的消费理念表现在对待亲密关系的态度上：她们认为婚姻是可有可无的，认为爱情是可遇不可求的，只有性才是最实在最痛快最解渴的。她们更换男朋友的频率太快，在男女交往中体味着冰火两重天的冷和热，醉和痛；因为她们在两性交往中过分依赖性快感和情欲，理性精神缺失，注定了亲密关系的不稳定和不长久。另外，这群年轻的女性作家坚持在性别话语、写实精神和消费话语等多重知识体系的交织混合中书写情爱，她们的小说对男性不是一味的批判，更多的是一种现实精神下的生存写真。她们笔下的男性有的孱弱、有的强大、有的物质、有的偏精神追求、有的是男同性恋者、有的是执着的爱情本位主义者，她们的男人中有西洋情人，也有香港情人，而更多的是生活在后殖民文化中的中国本土情人。她们无心丑化男人，她们对男性的态度就像男性对她们的态度一样，既爱又恨，既依恋又独立，既纠缠不清又身心分离。不过有一点和上代女作家相同，那就是这群更年轻的女作家也会特意塑造一群对"性"与"名利"十分看重的男性，特别是对金钱的追求，一些青年人，不惜用"色"勾引"富婆"，在"身体价值"的自觉使用问题上，他们一点都不逊色于女性，消费时代的男女对"身体价值"的使用认同上达成了一致。男性通过身体物化从女人那里换取生存资源，男人和女人的权力关系发生了反转，这体现了婚恋关系伦理从现代性向后现代性的转变，显示着传统婚恋关系在新的时代的嬗变。

1990 年代的女性文学中几个为数不多的呈现和谐婚恋关系的作家，在某种程度上弥补了女性文学在婚恋关系的书写中只"破"不"立"，"立"而不"稳"，"稳"而不"和"的状况。她们坚持古典主义的"抒情传统"，在 1990 年代女性写作中独树一帜。这些作品力图表现出家庭关系的温馨、和谐与亲密，比较完善地将婚姻、感情与身体这三个因素都统一在了夫妻关系中。她们往往把这种对和谐的亲密关系的想象和建构放在了前现代背景下，或者在古典历史的回溯中讲述爱情的真挚和忠诚。土地、自然风光和人类最古老又细腻的两性情谊，如徐徐的山风吹来，清新自然，作品脱去了现代社会的科技工业和商业消费的气息，散发出田园牧歌般的中世纪味道。

二 1990 年代女性婚恋书写的局限性

在对 1990 年代女性婚恋叙事做了基本的归纳以后，接下来需要思考的问题是，1990 年代的女性文学问题在哪里？关于这个问题，可以先从大语境中寻找答案。

首先考虑的是现代语境下的女性写作。现代语境给了女性"人"的尊严和理性，女性可以像男人一样进入公共空间，并和男性竞争参与现代化的事业。女性成为现代话语的言说者，她们以"花木兰"化身为"人"的方式参与到现代性的建设上来，并取得了不亚于男性的成绩。但是，现代话语建构的主体是男性为主体的现代人，现代性话语在深层次的性别伦理，依然以男性中心主义否定和拒绝女性对人类公共事务的热情和智慧，以"他者"的态度排挤女性的言说权力。最集中的体现，就是社会层面和家庭层面，各种的"女性歧视"。

现代性的问题在于将人类的理性代替了人类超验的终极信仰，这样就给人类的自负留下了病根，男性的傲慢成为了人类的傲慢，人类对主体理性的无限信心往往以否定和贬低其他两种情况为特征：一种是对人类超验的终极价值的蔑视；另一种则表现为对个体生命的"非理性"的贬低。现代人类因为对超验理性的蔑视，高呼"上帝死了"的口号，让人类丧失了信望爱，沉溺于功利社会，追逐现实效益，说白了就是丧失了对世俗的超越能力；而对情感欲望等非理性的贬低，则让人类变得铁板一块，缺少温情和深层喜悦，对自然和他人（特别是女人）缺少友善和尊重，傲慢而不可一世。现代性给人类的亲密关系造成的问题，就是使人类陷入空前的孤独境遇：婚姻成为沉重生活的代名词，难以持久；爱情受到男权社会的蔑视和践踏，和婚姻不再相容；身体从婚姻中解放出来，和爱情结盟，但却加剧了爱情消失的速度。正如前文所述，在 1990 年代的女性文本中，现代社会的这种功利性和实用性的婚恋关系已经呈现出来。

那么，1990 年代的后现代语境下又有哪些问题呢？后现代思潮看到了人类理性的有限性，将现代语境下建立的人的自信和神圣摧毁，人的主体地位动摇，人类长久建立起来的理性逻各斯被解构，世界仿佛陷入一种没有确定性的相对状态，人类在支配和被支配的角色转换中失去了终极意义。普遍性价值被蔑视，非主流得到认可。非理性的欲望被认为是人类文明和社会变动的最根本动力。后现代文化对欲望的认可和推崇造成了这样的局面：一方面，宣告理性人的死亡，也即宣布人文体系下的价值理性的坍塌；另一方面，后现代为被现代性所压抑的现象提供了发声的机会，使得许多非常规景观得以呈现，女性的发声就是一个独特人文景观。以上两种局面为人类带来的后果是，价值走向多元，缺少统一的标准和尺度，这在一定程度上仿佛释放了人的自由天性，社会的包容度也更大了，但是，危机似乎更加明显，没有人类建立的理性控制，更没有一个终极意义上超越性的价值理性引领人类的发展，其结果将是人类自己成为自己的掘墓人。对于女性来说，人类对女性的命名从"疯女人"变成了"女巫"，从一个非理性的"人"的存在变成了一个非理性的"鬼"的存在。虽然"女巫"有神奇的能力，有先知的本领，但也只能是飘在亚洲大陆上的"一个幽灵"，而并非对正面女性的命名——"女神"。

后现代语境深刻影响着两性关系领域，稳固的两性关系将在延拓和拆解中陷入虚无。在 1990 年代的女性婚恋叙事中，我们已然看到这种后现代精神给两性关系带来的影响：否定婚姻存在的意义，另类婚姻类型出现并见怪不怪；爱情变得浅薄而缺少深刻持久的亲密关系的黏合意义，往往因为缺少理性引领而导致稍纵即逝；性爱的享受和消费功能被夸大，异化的性爱关系随处可见，性爱最基本的繁衍后代的功能被最大限度地抹去。这些两性问题出现在 1990 年代的中国女性小说的世界里，应该也是现实的一面镜子，在这种状况下，人类整体性的自我建构和自我繁衍将成为一个伪命题，人类面临的共同危机，如人口问题，发展问题，环境问题，等，都将在所谓的个人主义和自由主义的伦理价值观下陷入困境。

最后，来看看传统和古典语境问题。传统是那些从古至今承传不变的文化，传统对人类的影响是潜在而巨大的，在每一个现代人和后现代人的成长记忆中，都有着深层次的传统因袭和影响，这就是荣格说的人类的"集体无意识"。传统潜意识在一定程度上和现代以及后现代文明形成张力，纠正和调整着现代和后现代文明对人类社会带来的成果和恶果。古典精神让人类在不可撼动的秩序之上寻找情感的释放和表达，"发乎情，止乎礼"就是这个意思：一是肯定世界和社会的秩序性，认为这种秩序是超验理性赋予人类，不可撼动的，人在天道面前的谦卑和顺从使得古人远比现代人活得恬静而和谐；二是传统文化在人伦关系上同样坚守不可撼动的秩序，包括男性和女性的不同位份和秩序，以此保障家庭关系的稳定和谐，并促成人类的繁衍和繁荣。

传统理念有着深厚的历史合理性，奈何历史的发展和变化如此巨大，使得传统文化已经不能适应时代环境，造成传统文明在人类的现代发展面前被一点点打破碾碎，直到碾落成尘，散落各处，虽然随处可见，但却可以一口气就吹得无影无踪，不知又随风飘落何处。这就是当下传统文化的状态。在 21 世纪的中国，古典主义发生的语境变化巨大，曾经的农业大国，现在正在向现代化发展，在这样的背景下，抒写田园牧歌的乡土之风，表达"执子之手，与子偕老"的浪漫之爱，只能是散落于人间的零星花朵。在性别问题上，确立女性在公共空间的权利和价值是时代的趋势，早就走出家庭的女性，在公共空间中已经浪迹很久，并建树了一定的社会价值，再想重返女性的传统角色，回归传统女性的私人空间，恐怕无论对于社会还是对于个体，都已经不合时宜了。

三　两性关系伦理重建

文化不是一个固态的东西，并非铁板一块，相互独立，文化虽然被学者们分出不同的类型，但是，在一个社会中，却是可以同时出现，甚至互相渗透，互相兼容的。下面笔者要针对婚恋伦理的建构提出几个基本的概念，这些概念是针对 1990 年代女性婚恋叙事的问题提出来的，它们将是建构性别伦理的关键词，可能也是建构两性亲密关系的关键词。

伦理学是研究人类行为之善的学问，更准确地说，应该把伦理学看作一种对"审慎的实践行为"的考量标准的学问①，这个考量的起点，可以借用努斯鲍姆的观点，乃是为了"人类与人类的繁荣"。而对于两性关系的伦理来说，则是如何通过男女的"审慎实践"，建立两性之间的良性互动，从而为整体的人类与人类的繁荣的目标的理性考量。在这种普遍性的整体框架下，去看两性伦理的重建问题，才可能避免个人主义的狭隘和弊端，而这些弊端，已经在 1990 年代的女性婚恋叙事中呈现出来。

---

① 此观点借用了英国当代哲学家苏珊·弗兰克·帕森斯《性别伦理学》中的的观点，见〔英〕苏珊·弗兰克·帕森斯《性别伦理学》，史军译，北京大学出版社，2009，第16 页。

首先是人类的存在先于本质的确认问题。在建构理论中，我们必须承认一个观点，人的本质需要在存在中确认，并非本质论者的"本质先于存在"，而应该是"存在先于本质"。这是近现代哲学和古典哲学的一个最大区别。古典哲学是本质主义的哲学，认为人的本体在于彰显超验理性，这一本体性并不会因为环境的变化而变动。而现代哲学则强调人的"存在"价值，即人被"抛入"世界后，其本体价值是受环境和个体制约的。只有把人类放在一个变化的时空历史中，才能显示人类与历史的互动关系，亦成全人在存在中构建人之为人的存在意义。也就是说，无论男性和女性，其存在的价值，需要在变动的时空中确证。这也是诸多女性主义专著特别强调的一点，不承认这个，就无以面对需要改变的诸多性别问题，当我们确认了这一点，才可以不被传统绑架，才可以在当下的环境下重新言说男性和女性的职分问题，才可以不否定女性主义存在的合理性和意义，才可以面对现实，重新思考女性的生存发展，以及调适和重建两性关系的伦理。就中国来说，从 20 世纪初到现在——21 世纪即将进入第三个十年，一百多年的历史，社会变化巨大，无论是生产力，还是生产关系，其发展速度超越了有着 5000 年历史的古代文明。男性和女性在公共空间和私人空间的义务和权利，以及两性的相互关系，都将随着时代的变化发生微妙的变化。在尊重传统的基础上，适应变化，男女双方无论在亲密关系的相处中，还是在公共关系的配合中，都需要适应时代的要求，适应情境的变化，适时地调整彼此的角色身份和职分，如在亲密关系中，改变传统的角色定位，女性也可以养家，男性亦可以带娃，女人可以在职场大显身手，男人亦可以在厨房彰显价值。通过相互配合，共同完成来自家庭和社会的责任和义务，并享受对等的人权，才能较好的实现"善"的目标。这正是我们说的"与时俱进"的态度。

其次两性交往的"关系主体"特征。男性和女性的性别伦理的建构，需要在一个关系场中完成，而并非以个人主义为价值标准的单一模式。现代社会以来的个人主义价值观是两性亲密关系建构的一个障碍，以个人立场要求对方，也会让对方以自我为依据，拒绝对方的要求，从而造成沟通的障碍，妨碍亲密关系的简历，这种"多元价值观影响下的亲密关系"，这在 1990 年代的女性文本中已经被证明。在当下复杂的社会关系中，任何不在对话和协商的背景下建构的伦理都是经不起实践检验的。哈贝马斯针对政治和社会交往的问题，提出的"主体间性"原则，也适应于两性交往领域，男性和女性都不能在以自我为中心的孤立语境下思考两性关系的问题，必须在各种关系的考量中，在自我利益的牺牲和他人利益的尊重中，甚至在更高的"爱"的终极目标的追求中，做出选择并付诸行动，而达到"善与爱"的目标。1990 年代的女性文学，存在一个很大的问题，就是女作家的"自说自话"，"独语"是女性写作的一个美学标识，"自恋"是女性写作的惯有姿态，女性作家总是在"一个人的战争"中放弃和异性的交流和对话，她们在女性权力的坚守中将男性视为敌人和对手，男性和女性的对抗性正是缺少对话和沟通造成的局面。如果不是用对抗和斗争的态度看待男性，很多性别矛盾是可以避免的，在很多女性文本中，女性对男性的丑化，"厌男症"的问题，可能更多的是创作心态问题。21 世纪以来，女性作家不约而同地放弃了性别上的对抗姿态，而是以更自然自如的性别自觉融入"大文学"的洪流之中，性别的声音淡了，但是似乎女性文学的成就和格局较之 1990 年代，却更繁荣更开阔了。

再次，在两性伦理建构中，有一个"超越性"的问题。何为超越性？就是指两性在交往中并不只是在一种现实利害或者情感深浅等标准下实现的社会伦理关系，两性交往的伦理必须建立在更为高远的目标和价值追求基础上，必须和更高层次的超验理性关联在一起，就像吉登斯所说的，要有一个"更崇高的爱"来引导，否则，以现实关系建立起来的两性伦理往往流于工具理性和功利主义，而使得两性关系缺少"希望"和"期待"。这就是两性伦理中的"超越性"。超越性可以用一句流行语来形容："生活不只是眼前的苟且，还有诗和远方"。海德格尔在讲人的存在的时候，将生存的超越性定位"诗意的栖居"，这份诗意，就是一种超越性。对于两性关系而言，除了需要彼此的交流和对话以外，两性关系还需要一个超越二者之外的第三者，这个第三者，应该就是价值的终极者——上帝，或者是一个超越现实的"善"和"美"。上帝是至善，两性除了彼此的交流和对话，同时和更崇高的善与美保持亲密的联系，从而超越世俗的羁绊，在更高层次上获得彼此心灵的满足和灵魂的净化。1990 年代女性小说中呈现的两性关系，突出的特征就是功利性，婚姻即使坚持下来，那也是在现实主义原则下的苟且，亲密关系维持在婚姻的樊笼里，不但不能让双方获得精神的满足，相反，婚姻生活消磨了人对生活的热情，人往往被生活压得喘不过气来，更别提"诗和远方"。同样，在爱情和性的书写领域，依然是等价的交换，是功利的目的，是欲望的满足。这些，都是因为人们是形而下地看问题，而不能形而上地看问题，没有开阔的境界，看问题短视和近视，造成了两性关系的矛盾、狭促与困顿。于是，婚姻生活就成为"眼前的苟且"，成了人生最无奈的选择，成为人的自由性被束缚的牢笼。想打破这种牢笼，往往是婚姻关系中的一方选择离婚，或者婚内出轨，通过寻求所谓个体和自我的自由和"超越"，放弃对方，而并非二者共同面对，这里就存在婚姻里"爱"的缺失的问题。

最后来说一下两性关系的最为重要的课题——"爱"的问题。英国当代哲学家依曼纽尔·列维纳斯说"爱是对他人的非欲望接近。"① 在这句话里包含着这几层意思，首先，欲望不是爱，无论这个欲望是一种社会性的欲望还是个体情欲，凡是以满足个人私欲为目标的关涉他人的交往和行为，都不是出于爱的动机。其次，爱一定是在和他人的关系中体现出来的，对于两性关系而言，爱就是以"忘我"的态度接近异性，以"舍己"的行为对待异性，爱就是奉献和付出。以这种方式观看 1990 年代的创作，就会发现女性文本的重大问题，那就是爱的缺失。如果从 1990 年代文本中找到一本有爱的小说，我以为，徐小斌的长篇小说《羽蛇》是有大爱情怀为数不多的作品之一。很多人误读了这个作品，将其看作一部女性主义的著作，而实际上，此长篇小说不但通过五代女性的人生反思了女性自身的问题，更为深刻的，作品还反思了现代文明对人性造成的负面影响和畸形发展，以及现代社会的病症，这种写作眼光，绝对不是 1990 年代的女性主义视域能够实现的。在一次访谈中，徐小斌这么解释作品："羽蛇象征着一种精神，一种支撑着人类从远古走到今天，却渐渐被遗忘的一种精神：在古太平洋的文化传说中，羽蛇为人类取火，投身火中，粉身碎骨，化为

① 转引自〔英〕苏珊·弗兰克·帕森斯《性别伦理学》，史军译，北京大学出版社，2009，第 180 页。

星辰，是女版的普罗米修斯。"① "世界失去了它的灵魂，我失去了自己的性"，这是小说扉页上的题记，徐小斌借着塑造了陆羽、乌金等为爱甘愿牺牲自我的女性形象，表达了她对现代社会功利主义爱情的否定。而在1990 年代大多数的女性作品中，我们看不到这种"舍己"之爱的表达，即使在本书"爱情"的专章，讨论到爱情守望者的爱情观，这些爱情守望者的爱情依然是以情感上的共鸣、价值观上的彼此认同为标准，再深刻一点，也不过圈囿于两性之间精神上深度和鸣，这种不付诸行为的爱情，使得异性之间的爱情依然显得虚幻而狭隘。爱，一定是付诸行为的，是带着情感温度的接近对方，是不计个人利益的"利他"，是在情理制衡下的高级伦理，而爱的有无，正是衡量两性关系伦理的重要指标，也是两性关系得以稳固和长久的保证。

进入 21 世纪，很多文化先知都在预言人类的危机，在众说纷纭中，提到最多的，除了地球的生态危机，就是人类社会的危机，包括人口问题、婚姻问题、道德问题，这三个社会层面的危机构成未来人类发展的威胁。就中国来说，自 1990 年代到 21 世纪的第三个十年的到来，已经 30 年了，老龄化成为中国人口的趋势，离婚率和不婚率则是连年上升，适龄夫妻的生育热情越来越低，面对这些社会问题，需要集全社会的力量反思和重塑中国社会人伦关系和道德价值。婚恋关系，这个古老而又新鲜的话题，该如何前行？自工业革命，人类已经狂妄了几百年，是不是应该谦卑下来，完成自我救赎？作为平等个体的男性和女性，共同接受爱的召唤，在彼此交融的世界里，携手探寻真理，并在真理之路上前行，这可能是两性伦理建构的终极关怀，是可以由此岸通向彼岸的救赎之途。

---

① 见作家访谈《作家徐小斌：不仅是女性主义，更是现代社会的寓言》，中国作家网：www.chinawriter.com.cn/n1/2020/0414/c405057-31673229.html（2020.12.26）。

参考文献

一 著作

［1］〔英〕安东尼·吉登斯：《亲密关系的变革——现代社会中的性、爱和爱欲》，陈永国、汪安民等译，社会科学文献出版社，2003。

［2］〔英〕安东尼·吉登斯：《现代性的后果》，田禾译，译林出版社，2003。

［3］〔法〕阿兰·巴迪欧：《爱的多重奏》，邓刚译，华东师范大学出版社，2012。

［4］〔苏〕B.A.瑟先科：《夫妇冲突》，陈一筠译，中国妇女出版社，1986。

［5］〔德〕彼德·毕尔格等：《主体的隐退》，陈良梅、夏清译，南京大学出版社，2004。

［6］〔美〕弗洛姆：《爱的艺术》，萨茹菲译，光明日报出版社，2006。

［7］〔加〕查尔斯·泰勒：《本真性的伦理》，程炼译，上海三联书店，2012。

［8］陈顺馨：《中国当代文学中的叙事与性别》，北京大学出版社，1995。

［9］陈嘉明：《现代性与后现代性》，人民出版社，2001。

［10］程箐：《消费镜像——20世纪90年代女性都市小说与消费主义文化研究》，中国社会科学出版社，2008。

［11］常彬：《中国女性文学话语流变（1898－1949）》，人民出版

社，2007。

[12] 戴锦华：《涉渡之舟：新时期中国女性写作与女性文化》，北京大学出版社，2007。

[13] 邓利：《新时期女性主义文学批评的发展轨迹》，中国社会科学出版社，2007。

[14] 〔芬兰〕E. A. 韦斯特马克：《人类婚姻史》，商务印书馆，2002。

[15] 〔美〕伊芙·科索夫斯基·塞吉维克：《男人之间——英国文学与男性同性社会性欲望》，郭劼译，上海三联书店，2011。

[16] 〔美〕弗洛姆：《爱的艺术》，光明日报出版社，2006。

[17] 方刚：《男性研究与男性运动》，山东人民出版社，2007。

[18] 〔英〕费瑟斯通：《消费文化与后现代主义》，刘精明译，译林出版社，2000。

[19] 〔美〕哈维·曼斯菲尔德：《男性气概》，刘东译，译林出版社，2008。

[20] 黄盈盈：《身体·性·性感——对中国城市年轻女性的日常生活研究》，社会科学文献出版社，2008。

[21] 黄怡：《男人女人懂不懂——后性别时代的情欲观察》，台湾方智出版社，2002。

[22] 荒林、王光明：《两性对话——20 世纪中国女性与文学》，中国文联出版社，2001。

[23] 荒林编《中国女性主义》，广西师范大学出版社，2009 版。

[24] 高芷琳：《明代戏剧的婚恋关系——以六十种曲为例》，台湾新北：花木兰文化出版社，2011。

[25] 龚刚：《现代性伦理叙事研究》，浙江大学出版社，2013。

[26] 蒋美华：《20 世纪中国女性角色变迁》，天津人民出版社，2008。

[27] 〔德〕卡尔·马克思：《1844 年经济学哲学手稿》，人民出版社，2000。

[28] 〔美〕凯特·米利特：《性政治》，宋文伟译，江苏人民出版社，2000。

［29］〔美〕理安·艾斯勒：《神圣的欢爱——性、神话与女性肉体的政治学》，社会科学文献出版社，2004。

［30］李有亮：《给男人命名——20 世纪女性文学中男权批判意识的流变》，社会科学文献出版社，2005。

［31］李仕芬：《女性关照下的男性》，台湾联合文学，2000。

［32］李先敏编译《哈耶克自由哲学》，九州出版社，2011。

［33］李银河编《性爱二十讲》，天津人民出版社，2008。

［34］孟悦、戴锦华：《浮出历史地表：现代妇女文学研究》，中国人民大学出版社，2004。

［35］李银河：《婚恋关系》，华东师范大学出版社，2008。

［36］罗钢、王中忱主编《消费文化读本》，中国社会科学出版社，2003。

［37］〔英〕罗素：《婚姻革命》，东方出版社，1988。

［38］刘小枫：《沉重的肉体》，华夏出版社，2008。

［39］刘达临：《性自由批判——人类婚恋关系反思》，江西人民出版社出版，1988。

［40］〔美〕刘剑梅：《革命与情爱——二十世纪中国小说史中的女性身体与主题重述》，上海三联书店，2009。

［41］林书明：《多维视野中的女性主义批评》，中国社会科学出版社，2004。

［42］林丽珊：《女性主义与婚恋关系》，台北：五南图书出版公司，2001。

［43］〔法〕米歇尔·福柯尔：《知识考古学》，谢强、马月译，三联书店，1999。

［44］〔法〕米歇尔·福柯尔：《性经验史》，上海世纪出版集团，2005。

［45］〔德〕恩斯特·卡西尔：《人论》，甘阳译，上海译文出版社，1985。

［46］潘绥铭、黄盈盈：《性之变——21 世纪中国人的性生活》，中国人民大学出版社，2013。

［47］〔法〕皮埃尔·布尔迪：《男性统治》，刘晖译，中国人民大学

出版社，2012。

[48]〔美〕齐美尔：《金钱、性别、现代生活风格》，刘小枫选编，顾仁明译，台湾联经出版事业公司，2001。

[49] 乔以钢：《中国当代女性文学的文化探析》，北京大学出版社，2006。

[50] 乔以钢、林丹娅主编《女性文学教程》，河北教育出版社，2007。

[51]〔法〕让·鲍德里亚：《象征交换与死亡》，车槿山译，译林出版社，2006。

[52]〔法〕让·鲍德里亚：《消费社会》，刘成富、全志刚译，南京大学出版社，2006。

[53] 苏红军、柏棣编《西方后学语境中的女权主义》，广西师范大学出版社，2006。

[54]〔英〕苏珊·弗兰克、帕森斯：《性别伦理学》，史军译，北京大学出版社，2009。

[55] 斯蒂芬·贝斯特、道格拉斯·科尔纳：《后现代转向》，南京大学出版社，2002。

[56] 托莉·莫：《性/文本政治——女性主义文学理论》，王弈婷译，台湾巨流图书公司，2005。

[57]〔德〕尤尔根·哈贝马斯：《交往行动理论（第一、二卷)》，曹卫东译，重庆出版社，1996。

[58] 杨秀芝、田美丽：《身体·性别·欲望——20 世纪八十九十年代小说中的女性身体叙事》，武汉大学出版社，2012。

[59] 杨大春：《感性的诗学——梅洛-庞蒂与法国哲学主流》，人民出版社，2005。

[60] 萧瀚编《大家西学——婚姻二十讲》，天津人民出版社，2008。

[61] 万俊人：《现代性的伦理话语》，黑龙江人民出版社，2002。

[62] 汪民安、陈永国主编《后身体文化、权力和生命政治学》，吉林人民出版社，2002。

[63] 汪辉、余国良编《90 年代的"后学"论争》，香港中文大学出

版社，1998。

[64] 吴宁：《日常生活批判——列斐伏尔哲学思想研究》，人民出版社，2007。

[65] 王苹：《中国电影中的婚恋关系（1978-2010）》，南京大学出版社，2011。

[66] 王侃：《历史·语言·欲望——1990 年代中国女性小说主题与叙事》，广西师范大学出版社，2008。

[67] 王宇：《性别表达与现代认同——索解 20 世纪后半叶中国的叙事文本》，上海三联书店，2006。

[68] 王艳芳：《女性写作与自我认同》，中国社会科学出版社，2006。

[69] 王纯菲、宋伟：《中国现代性：理论视域与文学书写》，文化艺术出版社，2012。

[70] 王晓明编《人文精神寻思录》，文汇出版社，1996。

[71] 徐岱：《边缘叙事——中国 20 世纪女性小说个案研究》，学林出版社，2002。

[72] 徐坤：《双调夜行船——九十年代的女性写作》，山西教育出版社，1999。

[73] 徐仲佳：《中国现代性爱叙事论集》，中国社会科学出版社，2012。

[74] 伊丽莎白·阿伯特：《婚姻史——婚姻制度的精细描绘与多角度解读》，中央编译出版社，2014。

[75] 张小虹：《后现代女人》，台北：联合文学出版社，1998。

[76] 张京媛：《当代女性主义文学批评》，北京大学出版社，1992。

[77] 张文红：《伦理叙事与叙事伦理——90 年代小说的文本实践》，社会科学文献出版社，2006。

[78] 张华：《寻寻觅觅——中国女性文学爱情叙事研究》，新疆人民出版社，2004。

[79]〔法〕西蒙娜·波伏娃：《第二性》，陶铁柱译，中国书籍出版社，2004。

[80]〔美〕朱迪斯·巴特勒：《性别麻烦——女性主义与身份的颠

覆》，宋素凤译，上海三联书店，2009。

[81] 朱贻庭主编《中国传统伦理思想史》，华东师范大学出版社，2012。

二 论文

[81] 陈晓明：《异类的尖叫：断裂与新的符号秩序》，《大家》1999年第5期。

[82] 陈林霞：《九十年代女性个人化写作与生存关怀》，浙江大学博士论文，2001。

[83] 陈学明：《爱情、爱欲与性欲——评"西方马克思主义"性伦理学》，《江苏行政学院学报》2006年第6期。

[84] 程箐：《消费文化语境下20世纪90年代女性写作的文学生产》，《赣南师范学院学报》2011年第1期。

[85] 程箐：《20世纪90年代女性都市小说与消费主义文化研究》，华东师范大学博士论文，2004。

[86] 戴锦华：《奇遇与突围——九十年代女性写作》，《文学评论》1996年第5期。

[87] 戴锦华：《池莉：神圣的烦恼人生》，《文学评论》1995年第11期。

[88] 董丽敏：《作为一种性别政治的文学叙事——以张爱玲的"参差对照"为个案》，《社会科学》2011年第10期。

[89] 董丽敏：《女性主义：本土化及其维度》，《南开学报》2005年第2期。

[90] 葛红兵：《身体写作——启蒙叙事、革命叙事之后："身体"的当下处境》，《当代文坛》2005年第3期。

[91] 葛红兵：《20世纪90年代文学整体批判》，《社会科学》2012年第5期。

[92] 贺桂梅：《当代女性文学批评的三种资源》，《文艺研究》2003年第6期。

［93］胡少卿：《中国当代文学中的"性"叙事（1978—）》，北京大学博士论文，2008。

［94］胡晓红：《走向自由和谐的婚恋关系》，吉林大学博士论文，2004。

［95］黄晓娟：《从精神到身体：论"五四"时期与20世纪90年代女性小说的话语变迁》，《江海学刊》2005年第3期。

［96］柯贵文：《伦理的失序与重建——论新世纪的婚恋小说》，《五邑大学学报》2007年第2期。

［97］敬文东：《追逼九十年代——关于九十年代小说写作的六个问号》，《小说评论》1998年第2期。

［98］焦桐：《天生是个女人——谈王安忆》，《小说评论》1993年第3期。

［99］焦雨虹：《消费文化与20世纪90年代以来的都市小说》，复旦大学博士论文，2007。

［100］金一虹：《转型期家庭伦理道德的矛盾冲突与新的整合》，《江海学刊》1999年第4期。

［101］罗执廷：《当代"性叙事"的话语形态分析》，《扬州大学学报》2000年第9期。

［102］刘思谦：《中国女性文学的现代性》，《文艺研究》1998年第1期。

［103］刘蕾：《从女性的角度分析离婚率升高的原因和对策》，《北京社会科学》2001年第4期。

［104］陆杰华，王笑非：《20世纪90年代以来我国婚姻状况变化分析》，《北京社会科学》2013年第3期。

［105］陆孝峰：《陈染、林白的女性写作》《文艺争鸣》2007年第8期。

［106］李勇：《20世纪90年代以来乡村小说叙事新变及其研究批评》，《文艺评论》2011年第1期。

［107］李玲：《女性文学主体性论纲》，《南开学报》2007年第4期。

［108］赖翅萍：《现代爱情、婚姻主体的想象与重建——论张抗抗的

婚恋叙事》，《小说评论》2009 年第 4 期。

[109] 乔以钢：《论中国女性文学的思想内涵》，《南开大学学报》2001 年第 4 期。

[110] 宋桂友：《中国当代小说性爱叙事》，苏州大学博士论文，2007。

[111] 申景梅：《"背离"与"吸引"——论九十年代女性写作中的西方男性形象》，《作家杂志》2008 年第 9 期。

[112] 孙沛东：《婚姻进入的现代性困境》，《兰州大学学报》2012 年第 7 期。

[113] 谭桂林：《论 20 世纪中国小说的性爱叙事》，《文艺争鸣》1999 年第 1 期。

[114] 陶东风：《新时期文学身体叙事的变迁及其文化意味》，《求是学刊》2004 年第 6 期

[115] 汪晖：《当代中国的思想状况与现代性问题》，《文艺争鸣》1998 年第 6 期。

[116] 王彦彦：《20 世纪中国小说性爱叙事研究》，兰州大学博士论文，2007。

[117] 王晴峰：《"恐同症"的根源——基于宗教、现代性和文化的阐释》，《吉首大学学报》2013 年第 1 期。

[118] 吴彦彦：《20 世纪 90 年代以来都市女性成长小说研究》，中南大学硕士论文，2010。

[119] 吴义勤：《多元化、边缘化与 20 世纪 90 年代中国文学的价值迷失》，《南方文坛》2001 年第 4 期。

[120] 韦澍一：《从婚恋关系重组谈实现男女平等的途径》，《社会科学战线》1996 年第 2 期。

[121] 徐兆寿：《论近三十年文学中情爱主题的演变与批评》，《小说评论》2010 年第 2 期。

[122] 徐兆寿：《新时期以来小说性叙事研究》，《文艺争鸣》2008 年第 2 期。

[123] 徐仲佳：《中国现代性爱叙事人文传统研究综述》，《海南师范

大学学报》（社科版）2012 年第 2 期。

[124] 徐杨：《20 世纪 90 年代以来都市小说婚恋叙事研究》，东北师范大学博士论文，2011。

[125] 徐有渔：《人文精神讨论》，《社会科学论坛》2005 年第 4 期。

[126] 徐日君：《新时期婚恋文学的变化与发展轨迹》，《洛阳师范学院学报》2007 年第 1 期。

[127] 向荣：《背景与空间：90 年代中国文学的文化语境》，《社会科学研究》2000 年第 2 期。

[128] 向荣：《转型与变化：90 年代文化语境中的中国小说》，《西南民族学院学报》（社科版）2002 年第 3 期。

[129] 肖永革：《九六年离婚大革命》，《行为科学》1996 年第 2 期。

[130] 阎纯德：《论女性文学在中国的发展》，《中国文化研究》2002 年第 2 期。

[131] 杨芳芳：《90 年代"人文精神"大讨论之反思》，《兰州学刊》2005 年第 5 期。

[132] 杨经建：《20 世纪 90 年代文学的性爱叙事》，《艺术广角》2007 年第 3 期。

[133] 杨洪承：《中国现当代文学中情爱、性爱、欲望写作问题（笔谈）》，《湘潭大学学报》2006 年第 4 期。

[134] 杨洪承：《20 世纪中国文学性爱与欲望书写的文学史反省》，《湘潭大学学报》2006 年第 4 期。

[135] 杨经建：《性爱叙事：文学史意义上的价值建构——论中国文学史上三次性爱文学创作浪潮》，《学术界》2007 年第 6 期。

[136] 张光芒：《欲望叙事的溃败：从个体写作到身体写作》，《湘潭大学学报》2006 年第 4 期。

[137] 张抗抗，刘慧英：《关于"女性文学"的对话》，《文艺评论》1990 年第 5 期。

[138] 张桂芳：《30 年来中国人文精神研究的回顾与展望》，《北京师范大学学报》2009 年第 3 期。

[139] 张颐武：《1993：灿烂的迷乱》，《大家》1993 年第 6 期。

［140］张晓晶：《论"十七年"文学和"文革"文学中的婚恋关系叙述》，南京大学博士论文，2003。

［141］张欣：《深陷红尘，重拾浪漫》，《小说月报》1995 年第 5 期。

［142］翟瑞青：《角色困惑：20 世纪中国文学中女性双重角色冲突》，《河北大学学报》2007 年第 6 期。

［143］周新民：《身体：女性主体意识的建构——论 20 世纪 90 年代以来女性小说中的身体描写》，《贵州社会科学》2004 年第 2 期。

［144］周志雄：《中国新时期小说情爱叙事研究》，山东师范大学博士论文，2004。

［145］周莹：《"家"神话的坍塌——论 90 年代女性写作中的反家庭叙事》，《文艺评论》2004 年第 2 期。

［146］赵树勤：《快乐原则与主体地位的确立——论当代女性文学的性爱主题》，《文艺争鸣》2002 年第 5 期。

三　文学作品

鲍蓓：《倒影》，《十月》1998 年 2 期。

毕淑敏：《紫色人形》，江苏文艺出版社，2003。

萨娜：《你脸上有把刀》，《收获》1998 年第 1 期。

陈染：

《陈染文集》，江苏文艺出版社，1996。

《潜性逸事》，河北教育出版社，1995。

《无处告别》，作家出版社，2009。

《沙漏街卜语》，时代文艺出版社，2001。

《私人生活》，《花城》1996 年第 2 期。

池莉：

《生活秀》，云南人民出版社，2002。

《惊世之作》，江苏文艺出版社，2000。

《请柳师娘》，江苏文艺出版社，2003。

《池莉小说精选》，长江文艺出版社，2003。

《绿水长流》，河北教育出版社，1995。

《小姐你早》，《收获》1998 年第 4 期。

《来来往往》，《十月》1997 年第 4 期。

《太阳出世》，《钟山》1990 年第 4 期。

《池莉文集》，江苏文艺出版社，1998。

迟子建：

《格里格海的细雨黄昏》，江苏文艺出版社，2003。

《向着白夜旅行》，河北教育出版社，1995。

《微风入林》，春风文艺出版社，2006。

《岭上的风》，《山花》1995 年第 9 期。

戴来：

《准备好了吗》，《收获》2000 年第 3 期。

《请呼 3338》，《作家》1998 年第 7 期。

《恍惚——〈鱼说〉之一》，《钟山》1999 年第 6 期。

董懿娜：《折翼而飞》，《小说界》1998 年第 3 期。

方方：

《桃花灿烂》，百花文艺出版社，1996。

《乌泥湖年谱》，人民文学出版社，2000。

《祖父在父亲心中》，江苏文艺出版社，2003。

《纸婚年》，新华出版社，2010。

《在我的开始是我的结束》，《大家》1999 年第 3 期。

《方方文集》，江苏文艺出版社，1996。

《落日》，群众出版社，2004。

《一唱三叹》，陕西人民出版社，1992。

范小青：

《女同志》，春风文艺出版社，2006。

《还俗》，河北教育出版社，1995。

海男：

《我的情人们》，中国文联出版社，1993。

《金钱问题》，《花城》1996 年第 2 期。

蒋子丹：

《桑烟为谁升起》，河北教育出版社，1995。

《从此以后》，《作家》1994 年第 8 期。

《最后的艳遇》，《小说界》1993 年第 2 期。

金仁顺：

《恰同学少年》，《小说界》1999 年第 5 期。

《玻璃咖啡屋》，《钟山》1999 年第 1 期。

《月光啊月光》，《作家》1998 年第 7 期。

林白：

《说吧，房间》，春风文艺出版社，2004。

《玻璃虫》，作家出版社，2000。

《一个人的战争》，春风文艺出版社，2006。

《日午》，时代文艺出版社，2001。

《子弹穿过苹果》，河北教育出版社，1995。

《守望空心岁月》（长篇小说），《花城》1995 年第 4 期。

《随风闪烁》，《收获》1992 年第 4 期。

棉棉：

《糖》，台北：生智出版公司，2000。

《九个欲望的目标》，《小说界》1998 年第 2 期。

《啦啦啦》，《小说界》1997 年第 4 期。

《一个矫揉造作的晚上》，《小说界》1997 年第 1 期。

《香港情人》，《作家》1998 年 7 期。

皮皮：

《比如女人》，南海出版社，2001。

《渴望激情》，春风文艺出版社，1997。

《危险的日常生活》，《钟山》1991 年 2 期。

彭小莲：

《一滴羊屎》，《收获》1997 年第 4 期。

《夏夜》，《小说界》1997 年第 6 期。

《燃烧的联系》，《收获》1996 年第 3 期。

乔叶：《一个下午的延伸》，《十月》1998 年第 1 期。

孙惠芬：《马歇山庄》，人民文学出版社，2007。

铁凝：

《大浴女》，春风文艺出版社，2000。

《永远有多远》，时代文艺出版社，2001。

《无雨之城》，春风文艺出版社，1994。

《第十二夜》，江苏文艺出版社，2003。

《安德烈的晚上》，春风文艺出版，2006。

《对面》，河北教育出版社，1995。

王安忆：

《长恨歌》，作家出版社，1995。

《香港情与爱》，台北：麦田出版社，2002。

《伤心太平洋》，时代文艺出版社，2001。

《流水三十章》，上海文艺出版社，1990。

《稻香楼》，春风文艺出版社，2005。

《酒徒》，江苏文艺出版社，2003。

《我爱比尔》，《收获》1996 年第 1 期。

《纪实与虚构》，《收获》1993 年第 2 期。

《叔叔的故事》，《收获》1990 年第 5 期。

《乌托邦诗篇》，《钟山》1991 年第 5 期。

《歌星日本来》，《小说家》1991 年第 2 期。

《妙妙》，《上海文学》1991 年第 2 期。

王海翎：《牵手》，作家出版社，2011

卫慧：

《上海宝贝》，春风文艺出版社，1999。

《黑夜温柔》，《小说界》1997 年第 6 期。

《神采飞扬》，《钟山》1999 年第 1 期。

《愈夜愈美丽》，《作家》1999 年第 1 期。

《蝴蝶的尖叫》，《作家》1998 年第 7 期。

《像卫慧那样疯狂》，《钟山》1998 年第 2 期。

《水中的处女》，《山花》1998 年第 7 期。

《艾夏》，《小说界》1997 年第 1 期。

《纸戒指》，《小说界》1997 年第 1 期。

魏微：

《从南京出发》，《作家》1998 年 7 期。

《乔治和一本书》，《小说界》1998 年第 5 期。

《一个年龄的性意识》，《小说界》1997 年第 5 期。

万方：《珍禽异兽》，《收获》1995 年第 3 期。

徐小斌：

《羽蛇》，人民文学出版社，2004。

《如影随形》，河北教育出版社，1995。

《迷幻花园》，时代文艺出版社，2001。

《吉耶美与埃耶美》，《收获》1997 年第 5 期。

《银盾》，《收获》1995 年第 3 期。

《蜂后》，《花城》1996 年第 2 期。

《玄机之死》，《十月》1997 年第 4 期。

徐坤：

《女娲》，河北教育出版社，1995。

《白话》，时代文学出版社，2001。

《橡树旅馆》，中国文联出版社，2004。

《遭遇爱情》，《山花》1995 年第 5 期。

《爱人同志》，《钟山》1999 年 5 期。

叶广岑：《采桑子》，北京出版社，1999。

张洁：

《无字》，上海文艺出版社，2000。

《她吸的是带薄荷味儿的烟》，花城出版社，2011。

张抗抗：

《情爱画廊》，春风文艺出版社，1996。

《赤彤丹朱》，人民文学出版社，2004。

《黄罂粟》，江苏文艺出版社，2003。

《永不忏悔》，河北教育出版社，1995。

《工作人》，《北京文学》1997 年第 6 期。

张欣：

《浮华背后》，云南人民出版社，2001。

《一意孤行》，时代文艺出版社，2001。

《纯真依旧》，河北教育出版社，1995。

《变数》，《收获》1999 年第 2 期。

《婚姻相对论》，《十月》1998 年第 5 期。

《你没有理由不疯》，《上海文学》1997 年第 6 期。

《一生何求》，《人民文学》1996 年第 10 期。

《恨又如何》，《小说界》1996 年第 1 期。

《致命的邂逅》，《中国作家》1995 年第 5 期。

《掘金时代》，《收获》1995 年第 4 期。

《岁月无敌》，《大家》1995 年第 2 期。

《仅有情爱是不能结婚的》，《小说家》1995 年第 1 期。

《爱又如何》，《上海文学》1994 年第 10 期。

《绝非偶然》，《小说界》1991 年第 5 期。

《访问城市·爱情奔袭》，《钟山》1994 年第 6 期。

张梅：《破碎的激情》，时代文艺出版社，2001。

赵玫：《朗园》，春风文艺出版社，2010。

赵波：

《情变》，《小说界》1997 年第 2 期。

《到上海来看我》，《小说界》1999 年第 3 期。

《关于性，与莎莎谈心》，《小说界》1997 年第 6 期。

赵岩艳：《片刻之恋》，《小说界》1999 年第 2 期。

赵凝：《膨胀》，《小说界》1999 年第 2 期。

朱文颖：

《到上海去》，《小说界》1999 年第 1 期。

《俞芝和萧梁的平安夜》，《收获》1998 年第 6 期。

周洁茹：《我们干点什么吧》，《人民文学》1998 年第 1 期。

后　记

　　这本书是我博士论文的成果。从博士毕业到本书的出版，已经过去了5年。不能不感叹时间的飞逝。从博士毕业到现在，除了忙于结婚生子，在学术之路上的最大成绩，就是这本书了。希望借着此书的出版，能够激励我已经被家庭生活搁浅的学术热情。

　　此书的出版获得了云南省社科联的资助和曲靖师范学院人文学院的资助，特别感谢学院师长和领导对我的支持。以下提及的老师，是我读博期间和写博士论文期间需要感谢的人。

　　特别感谢中央民族大学文学与新闻传媒学院的各位老师对我四年的培养。感谢白薇老师把我招录进中央民族大学，给予我宝贵的深造机会，并在相当长的时间里对我学业进行悉心指导。感谢刘淑玲老师不弃，在最后一年将我接手过来，从开题到结稿整个过程一路指导，让我在写论文中不至于"跑偏"，没有她的提醒和引导，就不会有现在的论文框架。感谢中央民族大学文学与新闻传媒学院，感谢中文系的各位老师，特别感谢学识渊博、才华横溢的敬文东老师；感谢风趣幽默、睿智通达的徐文海老师，和你们的每一次交流，都让我受益匪浅，心向往之。毕业多年，唯留遗憾，遗憾在这四年里，与各位老师们的面对面的交流太少，遗憾此后交流更少！感谢我的各位同学和挚友在学习和生活中给予我的帮助和指点，你们陪伴我走过了不孤独的四年，没有你们，就没有我色彩缤纷的学习和生活时光，你们的名字不一一提及，让我在心里默默为各位的幸福人生和美好前程祈祷！

　　在出版前，我又对本书的有些内容作了增删，以更好地与当下时代精神接轨。感谢在修改过程中家人的支持。即将付梓，也要感谢社会科学文献出版社同人的指导和支持！

图书在版编目（CIP）数据

破裂与弥合：1990 年代中国女性小说中的婚恋关系 /
孔莲莲著. -- 北京：社会科学文献出版社，2022.2（2022.5 重印）
（云南省哲学社会科学创新团队成果文库）
ISBN 978-7-5201-8009-2

Ⅰ.①破…　Ⅱ.①孔…　Ⅲ.①妇女文学-小说研究-
中国-当代　Ⅳ.①I207.42

中国版本图书馆 CIP 数据核字（2021）第 274388 号

云南省哲学社会科学创新团队成果文库

破裂与弥合：1990 年代中国女性小说中的婚恋关系

著　　者 / 孔莲莲

出 版 人 / 王利民
责任编辑 / 刘　丹　袁卫华
责任印制 / 王京美

出　　版 / 社会科学文献出版社·人文分社（010）59367215
　　　　　　地址：北京市北三环中路甲 29 号院华龙大厦　邮编：100029
　　　　　　网址：www.ssap.com.cn
发　　行 / 社会科学文献出版社（010）59367028
印　　装 / 唐山玺诚印务有限公司

规　　格 / 开　本：787mm × 1092mm　1/16
　　　　　　印　张：10.5　字　数：164 千字
版　　次 / 2022 年 2 月第 1 版　2022 年 5 月第 2 次印刷
书　　号 / ISBN 978-7-5201-8009-2
定　　价 / 98.00 元

读者服务电话：4008918866